ラストで君は「まさか!」と言う

悪《あく》魔《ま》のささやき

PHP

突然《とつぜん》ですが、質問《しつもん》です。あなたは悪魔《あくま》を見たことがありますか？

以下の回答の中から、ひとつ選んでください。

① 見たことはない。そもそも悪魔《あくま》なんていうものは存在《そんざい》しないから。
② 見たことはないけど、なんとなく気配を感じたことはある。
③ 時々、見る。
④ 毎日見る。

たいていの人は①を選ぶと思います。②を選ぶ人も、少しいるかもしれません。③や④の回答なんてありえない？ 本当に、そうでしょうか。

ちょっと考えてみてください。悪魔《あくま》とは、いったいなんなのでしょう。人間を惑《まど》わし、不幸に陥《おとしい》れる存在《そんざい》が悪魔《あくま》だとしたら、その姿形《すがたかたち》はさまざまかもしれません。

この本におさめられた二十五の短い物語の中では、いろいろな場所に、いろいろな姿《すがた》の悪魔《あくま》が登場します。学校、家、旅先。お姫《ひめ》さまの住むお城《しろ》や、昔話、夢《ゆめ》の中。あなたの身近な人や、あなた自身の心の中に、そっと潜《ひそ》んでいることも――？

恐《おそ》ろしい悪魔《あくま》や魅力《みりょく》的な悪魔《あくま》が代わる代わる現《あらわ》れ、あなたの耳元でこうささやくでしょう。

「本当に、一度も悪魔《あくま》を見たことはない？」

さて、①を選んだあなた。この本を読んだあと、注意深くあたりを見まわしてみてください。今まで見えなかったものが目に映《うつ》るかもしれません。

②を選んだあなた。この本を読んだあと、そっと後ろを振《ふ》り返《かえ》ってみてください。あなたが感じていた気配は本物かもしれません。

③を選んだあなた。この本を読んだあと、別のだれかにもすすめてください。その人もあなたと同じものが見えるようになるかもしれません。

そして、④を選んだあなた。この本を読んだことを、だれにもさとられないようにしてください。……特に、あなたをねらう悪魔《あくま》には。

もくじ

contents

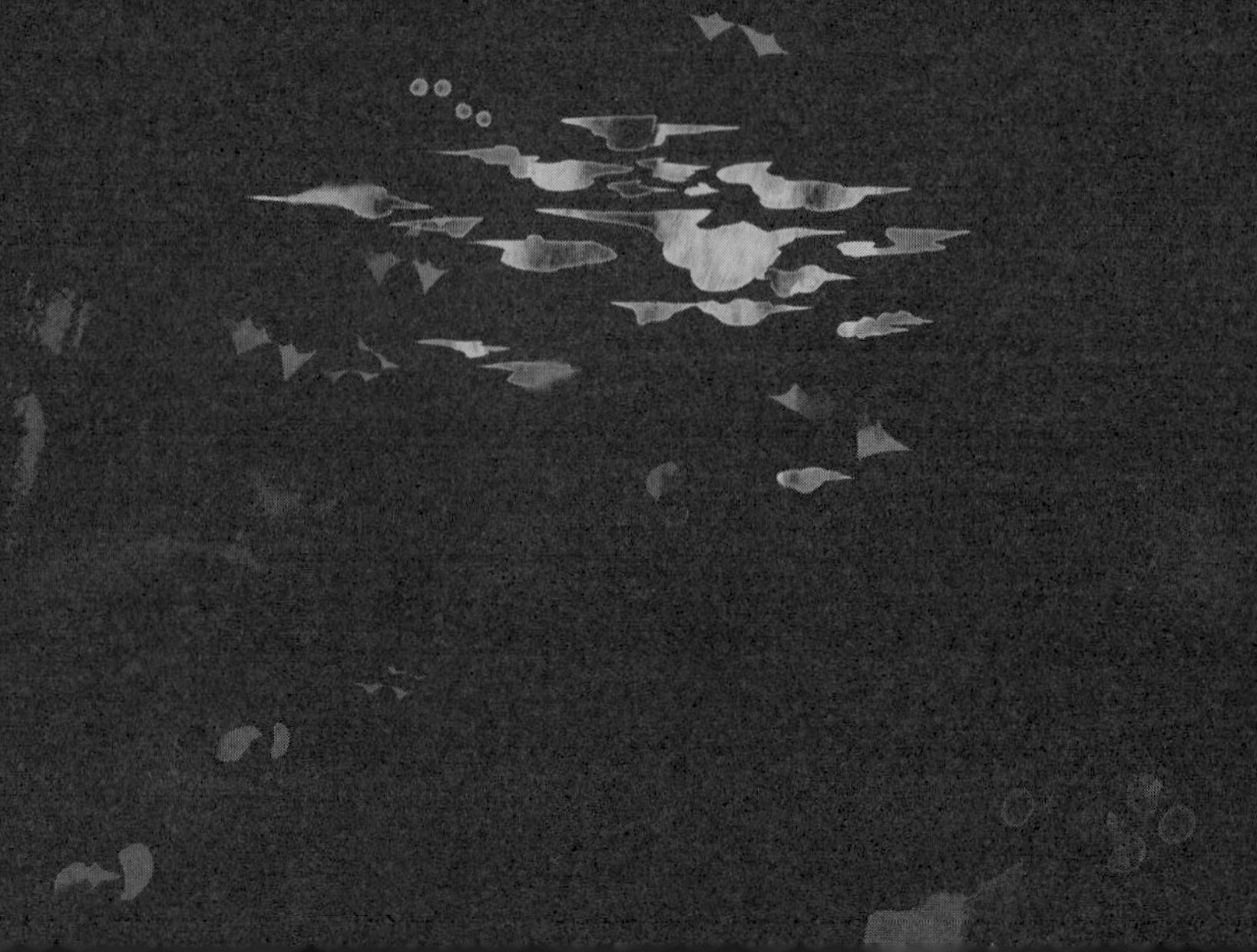

●執筆担当

桐谷 直（p.2～3、16～23、88～97、104～110、123～131、153～162、185～191）
長井理佳（p.8～15、24～27、60～67、73～80、111～118、142～147、178～184）
波摘（p.28～34、43～52、81～87、119～122、148～152、163～171）
染谷果子（p.35～42、53～59、68～72、98～103、132～141、172～177）

ゆめねこ

　通学電車はそこそこ混《こ》んでいるが、始発から乗る純矢《じゅんや》は座《すわ》っていけるので楽ちんだ。乗車中の三十分ほどの間を、ぼーっと人間観察。これがけっこう楽しかったりする。

（このおじさん、家ではきっといいお父さんだろうな。あの子はたぶん、図書委員かな）

　いつも同じ車両になる女子高生で、気になる子がいる。制服姿《せいふくすがた》の普通《ふつう》の女の子だが、寝坊《ねぼう》して顔を洗《あら》っただけと思われる日、念入りにメイクした日、マンガを読んで笑いをこらえている日、かと思えば、読書好きの純矢《じゅんや》が見てもマニアックだと思うような小説を読みふけっていたり、隣《となり》の人が困《こま》るような首のかたむけ方で熟睡《じゅくすい》していたり……。

（なんだか見飽《みあ》きないんだよな）

　通学カバンには変な猫《ねこ》のマスコットがついていて、それがまた全然かわいくなくておかしい。自作だろうか？　大事にしているらしく、時々なでたりしている。気になっていつも見ていたら、その変な猫《ねこ》と目が合った気がした。

ある日、その子の隣《となり》にひとりの老婆《ろうば》が座《すわ》った。一度も見かけたことがない人だ。うす気味が悪く、目が合った瞬間《しゅんかん》、ぞわっと鳥肌《とりはだ》が立った。頭からかぶったショールから枯《か》れ枝《えだ》のような手を出して、黒い毛糸で何かを編《あ》みはじめた。女の子は、まったく気がつかずに居眠《いねむ》りをしている。

やがて、老婆《ろうば》は立ち上がり、ニヤリと笑って純矢《じゅんや》に何かを手渡《てわた》そうとした。

「あんたにもあげよう。この子の名前は黒夢《くろゆめ》。いい夢《ゆめ》が見られるお守りだよ」

それは、真っ黒い猫《ねこ》のマスコットだった。

「うっ」

黒夢《くろゆめ》を受け取った時、すべての重力がそこにかかるような恐《おそ》ろしい気持ちになって、純矢《じゅんや》は反射的《はんしゃてき》にそれを突《つ》き返《かえ》した。

「ちっ、小僧《こぞう》め。いいカモだと思ったのに」

老婆《ろうば》は別人のような怖《こわ》い顔になって、電車を降《お》りていった。純矢《じゅんや》は思わず声をあげそうになった。向かいの席のあの子のカバンのマスコットが、今のと同じ黒夢《くろゆめ》に変わっていたのだ。いつもの猫《ねこ》はどこにいったんだ？　悪い夢《ゆめ》でも見ているのか、女の子は苦しそうな顔でうめいている。

「あっ」

純矢《じゅんや》の足元に、まるで引きちぎられたように、あの子のマスコットが落ちていた。そして、必死に純矢《じゅんや》にささやきかけてきたのだ。

『オイラはゆめねこ。あの子のボディガードさ。たった今、悪魔《あくま》の黒夢猫《くろゆめねこ》にすり替《か》えられちまった。あの子が危《あぶ》ないんだ。あんたならできる。力を貸《か》してくれ』

『余計《よけい》なことを言うな、捨《す》て猫《ねこ》め』

くぐもった暗い声が純矢《じゅんや》に話しかけてくる。前の女の子のカバンの黒夢《くろゆめ》だ。

『いいから、オイラを拾って！　早く！　寝《ね》てる間じゃなきゃ、ダメなんだ！』

体が鉛《なまり》のように重かったが、純矢《じゅんや》はやっとのことでゆめねこを拾い上げた。ぎゅっと握《にぎ》ると、あっというまにふんわりと眠《ねむ》りに落ちた。
・ここはどこだ？　空を真っ黒い雲が覆《おお》い、あたりはまるでどこかの国の戦争のあとのように荒《あ》れはてていた。あっ！　純矢《じゅんや》の前を、とぼとぼとあの子が歩いている。黒夢《くろゆめ》を手に、肩《かた》を落として……。何かをつぶやいている。
「お母さん、お父さん、どうして死んじゃったの？　あたし、まだ三歳《さい》だったのに」

するとと、黒夢《くろゆめ》が答えた。さっきよりひとまわり大きくなっていた。

『おまえのお母さんはね、死んだんじゃない。おまえを捨《す》てたんだよ』

「うそよ、そんなこと。事故《じこ》で死んだって聞いてるわ」

『本当さ、残念だが、ちーっともおまえのことを愛してなかった。ははは』

女の子の顔に、悲しみと憎《にく》しみの炎《ほのお》が燃《も》え上《あ》がった。黒夢《くろゆめ》がひそかに笑った。

『ふふ、悪夢《あくむ》を見て苦しむ人間はいいねえ。悲しみも憎《にく》しみも、大好きさ。どんどん吸《す》い取《と》ってやる。抜《ぬ》け殻《がら》になるまでね』

純矢《じゅんや》はぞっとした。こいつはやっぱり、悪魔《あくま》の黒夢猫《くろゆめねこ》なのか？

そこにいきなり、泥《どろ》だんごが飛んできた。まわりで子どもたちがはやし立てている。

女の子の服や顔に当たって、真っ黒になった。

「なあに？　この子たち」

『忘《わす》れたのかい？　昔、さんざんいじめられただろう。親なしっ子と言われて』

「覚えてないわ。でも、そうだった気もする。あなたがそう言うんなら」

『そうだろう？　悪い思い出は忘《わす》れちゃダメだ。もっと怒《おこ》って、もっと憎《にく》め！』

「そいつの言うことを聞かないで！　ぜんぶでたらめだ！」

純矢《じゅんや》は思わず叫《さけ》んだ。とたんに、泥《どろ》だんごは真っ白い雪玉になった。

「わあい、雪合戦！　そうよ、みんなで遊んだんだ。忘《わす》れるところだった！」

『なんだ小僧《こぞう》、いつ入ってきたんだ』

黒夢《くろゆめ》が舌打《したう》ちした。女の子がハッと空を見上げた。

「あたし、覚えてる。お父さんとお母さんが、抱《だ》きしめてくれたこと！」

その瞬間《しゅんかん》、さーっと空が晴れて、日が差してきた。雲の切れ目から何か降《ふ》ってきたと思ったら……七色の傘《かさ》を差した小さなゆめねこたちだ。そのほんわかした光景に、純矢《じゅんや》は思わず吹《ふ》き出《だ》しそうになった。

『ちがう！　おまえは捨《す》てられたんだ。愛されずに捨《す》てられたんだよ！』

「そうなの？　やっぱりそうなのかしら……」

女の子の顔が曇《くも》ると、空は再《ふたた》び暗くなり、ゆめねこは消え、代わりに気味の悪いカラスが飛びはじめた。ゆめねこは、相当弱っちいボディガードらしい。

（そうか、あの子の心が弱くなると悪夢《あくむ》になるんだ……）

よーし。純矢《じゅんや》は深呼吸《しんこきゅう》した。どうせ夢《ゆめ》なら、なんでもできるさ。勇気が湧《わ》いてきたぞ。

こんな気持ちは初めてだ。

「悪夢《あくむ》なんて、うそっぱちだ！　オレがやっつけてやる！　へん・しんっ！」

バチバチッ。イテテテッ。体に何かが張《は》りついた。純矢《じゅんや》は、間抜《まぬ》けな全身タイツ姿《すがた》になっていた。げっ、まさか、これ、小さいころ流行《はや》った虹色《にじいろ》戦隊……。

「キャーッ、レインボーマン！　小さい時から、あたしのヒーローなの！」

「えっ？」

『いまいましい小僧《こぞう》め。そうはいくか！』

黒猫《くろねこ》が口から黒い煙《けむり》を吐《は》きはじめた。ゲホゲホッ！　純矢《じゅんや》が咳込《せきこ》んでいると、女の子は地面に落ちていた枝《えだ》を拾って、煙《けむり》の中でくるくる振《ふ》りまわしはじめた。

「見て、黒い綿《わた》あめになった！　おいしそう！」

「おい、食べちゃダメだからな！」

純矢《じゅんや》は半《なか》ば呆《あき》れながら叫《さけ》んだ。いったいどういう子なんだ？　さっきまで落《お》ち込《こ》んでたのに。どうやら、ちょっとやそっとではへこたれないタイプらしい。

そのあとは、純矢《じゅんや》が幽霊《ゆうれい》を退治《たいじ》したり、黒雲を丸めて放り投げたりするたびに、女の子は大はしゃぎ。全身タイツの中の純矢《じゅんや》は汗《あせ》だくだ。

『えーい、アホくさ！　もうやめたっ。こんなやつらに、金輪際《こんりんざい》近づかんわ！』

黒猫《くろねこ》はさんざん悪態《あくたい》をつくと、シューッとしぼんで消えてしまった。

目を覚《さ》ますと、そこは電車の中だった。寝《ね》ぼけまなこであわてて降《お》りようとする彼女《かのじょ》に、純矢《じゅんや》はゆめねこを差し出した。

「一応《いちおう》ボディガードなんだから、大事にしろよ！」

「……うそ、あなた、今の夢《ゆめ》で助けてくれた、レインボー……あたしのヒーロー？　キャーッ！」

女の子は電車を飛び出し、乗客の視線《しせん》が一気に純矢《じゅんや》に集まった……。

でも、それからふたりは知り合いになった。いい友だちになれそうだ。いや？　友だちとはちょっとちがう気も……。もしかしたら、好きになるってこういうことかな？

ボディガードのゆめねこが、ニヤニヤ笑っている。

育成ゲーム

「あー！　失敗しちゃった！」

陽太《ようた》は携帯型《けいたいがた》ゲーム機を持ったまま、ガックリとうなだれた。

ゲーム機の液晶《えきしょう》画面の中には『ゲームオーバー』の赤い文字。黒いマントを羽織《はお》ったゲームの主人公があお向けに倒《たお》れている。

五年生の陽太《ようた》が夢中《むちゅう》になっているのは、小学生に大人気の育成ゲームだった。

最初はかんたんな魔法《まほう》で弱い敵《てき》しか倒《たお》せない主人公に、複雑《ふくざつ》な魔法《まほう》を覚えさせ、徐々《じょじょ》に強い敵《てき》と戦わせていく。陽太《ようた》のようにちょっと落ちこぼれ気味の少年を、強い魔法使《まほうつか》いに育てていくのがめちゃめちゃおもしろい。

「もっと早く給食を食べちゃえばよかったな。昼休みが短すぎるよ」

ゲーム機のスイッチを切った時、後ろから突然《とつぜん》、先生の声が聞こえた。

「増田《ますだ》くん？　音楽室で何をしているの？」

おどろいて飛び出しそうになった心臓《しんぞう》を押《お》さえつつ、あわてて振《ふ》り返《かえ》る。担任《たんにん》の今村《いまむら》先生が、眉《まゆ》をひそめて陽太《ようた》を見ていた。

「な、なんでもないです！　わ、忘《わす》れ物《もの》を探《さが》しに……。こ、これです」

陽太《ようた》は、リコーダーの袋《ふくろ》を持ち上げて見せた。中にはゲーム機が入っている。

「五時間目がはじまっちゃうから、教室へ戻《もど》ります」

嘘《うそ》がバレたらどうしようとヒヤヒヤしながら先生の横をすり抜《ぬ》け、音楽室を出た。ゲームをはじめてから一か月。陽太《ようた》は、学校にまでゲーム機を持《も》ち込《こ》むようになってしまった。授業中《じゅぎょうちゅう》もうわの空。何をしていても、ゲームの攻略法《こうりゃくほう》を考えてしまう。

もともと得意ではない勉強が、ますます苦手になってきた。忘《わす》れ物《もの》もしょっちゅうするし、通学途中《とちゅう》で事故《じこ》にあいかけたこともあった。それでもゲームをやめられない。

その日の放課後も、陽太《ようた》は急いで下校した。もちろん、ゲームの続きをするためだ。

マンションに帰って玄関《げんかん》のドアを勢《いきお》いよく開けると、母とかち合う。

「美波《みなみ》をピアノ教室と英語教室に連れて行くわね。手を洗《あら》っておやつを食べたら、ちゃんと宿題を終わらせるのよ。テレビはそのあと」

わかったわねと、母が陽太《ようた》に念を押《お》した。妹の美波《みなみ》も生意気な口調で言う。

「習いごとを何もしてないからって、ゲームばっかりしてちゃダメだよ、お兄ちゃん」

「ゲーム機なんか持ってないだろ」陽太《ようた》は美波《みなみ》をにらんだ。

「やっているのを見たもん！」妹が口を尖《とが》らす。

「と、友だちに借りただけだよ。とっくに返したし！」

言《い》い訳《わけ》する陽太《ようた》を気に留《と》めることなく、母が時計を見ながら言った。

「その話の続きは帰ってからまたね。レッスンに遅《おく》れちゃうから行くわ」

ふたりの足音が遠ざかると同時に、陽太《ようた》はキッチンへ駆《か》け込《こ》んだ。

おやつのシュークリームを手でつかんで頰張《ほおば》ると、指先についたクリームをなめ、残りを制服《せいふく》の半ズボンにこすりつける。手を洗《あら》っているヒマも、ゆっくりおやつを食べているヒマもない。もちろん宿題をしている時間などなかった。

子ども部屋に入ると、勉強机《づくえ》の前に座《すわ》り、すぐにゲーム機を取り出す。スイッチを押《お》すとピコンと電子音がして、液晶《えきしょう》画面の中にゲームの主人公が現《あらわ》れた。

陽太《ようた》は、きつくゲーム機を握《にぎ》りしめた。

「もうすぐラスボス戦だ。今日こそクリアするぞ」

あっというまに時間がすぎていった。あたりがだんだん暗くなる。

ゲームに夢中《むちゅう》になっていた陽太《ようた》は、部屋が急に明るくなったのに気づいて顔を上げた。まぶしさに目をしばたたいて振《ふ》り向《む》くと、母が鬼《おに》の形相《ぎょうそう》で立っている。母と妹がいつのまにか帰宅《きたく》していたのだ。あれから四時間もたっていた。

「どういうことなの？　陽太《ようた》。どうして、買ってもいないゲーム機を持っているの？」

「こ、これは今日、と、友だちから借りてきたんだよ」

陽太《ようた》は思わず椅子《いす》から腰《こし》を浮《う》かし、しどろもどろになって答えた。妹が言う。

「昨日《きのう》の夜も、二段《だん》ベッドの上からピコピコって音が聞こえたよ。お兄ちゃん、いっつも隠《かく》れてゲームしてるんだよ。ランドセルにも入れてたよ」

「いつもじゃないし！　学校へは、借りたのを返すために……」

声が消え入りそうになる。母が机《つくえ》の上のゲーム機を取り上げ、眉《まゆ》をひそめた。

「これ、春ごろに発売した人気のゲーム機じゃない？　なかなか手に入らないって
ニュースで見たわ。本当にお友だちが貸《か》してくれたの？」

「友だちは二台買えたんだよ。こっちは使ってないから貸《か》してくれるって……」

「本当ね？　だったら、これから一緒《いっしょ》に返しに行きましょう。だれから借りたの？」

「それは……」

母の視線《しせん》からのがれるようにうつむき、口ごもる。陽太《ようた》は床《ゆか》を見つめて言った。

「だれにも返せないよ。だって、借りてないから……」

「借りてない？　じゃあ、高額《こうがく》なゲーム機をどうして持ってるの？」

「学校から帰ってくる時、公園のゴミ箱の横に落ちていたのを拾ったんだ。端《はし》っこが割《わ》
れてたし、だれかが捨《す》てたのかなって思った。壊《こわ》れていないかスイッチを入れてみたら、

ゲームのスタート画面になって……。交番に届《とど》けようかと思ったんだけど、ちょっとはじめてみたら夢中《むちゅう》になっちゃって」

「先生から連絡《れんらく》が来たわ。授業中《じゅぎょうちゅう》もぼんやりしていることが多いし、昼休みもひとりでいるからお家《うち》でも話を聞いてみてくださいって。もしかして、そのゲームが理由なの？」

母が真剣《しんけん》な表情《ひょうじょう》で陽太《ようた》を見つめている。陽太《ようた》は、ようやく重い口を開いた。

「最初はちがうよ。僕《ぼく》、春に転校してきてからなかなか友だちができなくて、学校でいつもひとりだったんだ。家に帰っても、ひとり。お母さんは、僕《ぼく》とちがってなんでもできる美波《みなみ》だけを見てる。ひとりぼっちの時に、ゲームをしてるとさびしくなかった。ひとりぼっちの昼休みも、ゲームをしてるとすぐ終わるから、僕《ぼく》……」

心に秘《ひ》めた言葉を一度口に出すと、次々と素直《すなお》な言葉があふれ出た。自分のしたことがはずかしくて、胸《むね》が苦しい。ひとつの嘘《うそ》を隠《かく》すために、どんどん嘘《うそ》を重ねてしまった。

「ゲーム機を拾ったこと、すぐに話せばよかった。嘘《うそ》をついて、ごめんなさい」

黙《だま》って陽太《ようた》の話を聞いていた母が、陽太《ようた》の手を取り、そっと握《にぎ》って言った。

「よく話してくれたね。お母さんこそ、ごめん。陽太《ようた》のさびしさに気づかなかった。ね、陽太《ようた》の気持ち、お母さんにもっと話してくれる？」

涙《なみだ》を浮《う》かべた母の目を見たら、陽太《ようた》の目にも涙《なみだ》が込《こ》み上《あ》げた。本当は、たくさん話したいことがある。陽太《ようた》は「うん」と言ってうなずいた。涙《なみだ》が頬《ほお》にこぼれて落ちた。


「あー！　失敗しちゃった！　いいところまでいったのになぁ……」

携帯型《けいたいがた》ゲーム機を持ったまま、とある児童がガックリとうなだれた。液晶《えきしょう》画面の中には、『ゲームオーバー』の赤い文字。少年が母親に嘘《うそ》を告白したシーンで止まっている。

「ちょっと、それをよこしなさい」

担任《たんにん》の先生が、厳《きび》しい表情《ひょうじょう》で児童からゲーム機を取り上げた。

教室内では、大勢《おおぜい》の児童が席に着き、真剣《しんけん》に学んでいるところだ。

先生がパンパンと両手を打ち鳴らし、みんなの注目を集める。

「はい、みなさん。自分の教材からいったん手を離《はな》して聞いてください。これを見て」

先生は、ゲーム機型の教材をかかげて、教室の子どもたちに言った。

「この主人公……自分の行動を反省《はんせい》した『陽太《ようた》』は、この先どうなりますか？ そう、家族と仲良くすごすようになりますね。やがてクラスに友だちができ、学校が楽しくなって、勉強にも身が入ります。育成を急ぎすぎるとこうなってしまうのです」

先生が子どもたちを見渡《みわた》し、言い聞かせる。

「ゲームを使った授業《じゅぎょう》だからと、気を抜《ぬ》かないように。あなたたちは、この悪人育成ゲームで学んだことを生かし、いずれ本物の人間を悪の道へ引《ひ》き込《こ》まねばならないのですからね。小さな嘘《うそ》から大きな嘘《うそ》へ。ひっそりと、確実《かくじつ》に、悪い心を吹《ふ》き込《こ》んでいきなさい。いいですか？ もう一度言いますよ。人間は、もともと正直で優《やさ》しい心を持っている。決してあなどってはなりません」

悪魔《あくま》の世界の小学校で、悪魔《あくま》の子どもたちが「はーい」と元気に返事した。

さらってくれる人

ポカポカとあたたかい春の日のこと。

すてきな白い家のテラスから、若《わか》い女性《じょせい》の話し声が聞こえてくる。

「ふふ、くすぐったーい。綿毛《わたげ》が飛んできたわ。なんて気持ちのいいお天気かしら。こんな日に街を歩いたら、気分がいいでしょうねー」

「あら、こういう日は、花粉《かふん》がいっぱい飛んでるから大変なのよ」

もう少し高い声が答えた。

「花粉《かふん》ぐらい、どうってことないじゃない。あなたがうらやましいわ。あたしなんかほら、なかなか出かけられないじゃない？　ねえねえ、行くんでしょ？　女子会とか、パーティーとか、デートとかさ！」

「まあねー。でも、そんなにいいものでもないよ」

「あら、どうして？」

「きれいなところばっかりじゃないし。それにあたし、においが苦手なんだよね。カラオケのにおいとか、なかなかとれないんだもん。あと、焼肉屋さんとか、禁煙《きんえん》じゃないお店とかさ」

「わかる。あたしも嫌《きら》いだわ」

風が少し強くなって、どこからか桜《さくら》の花びらが流れてきた。

「あら、あたしの衿《えり》にとまった。きれいだわあ」

「あたたかい季節はいいわね。冬はコートが重たくって……」

外の道を、カップルが手をつないで通りかかった。

「いいなあー。あのふたり、どこに行くのかしら」

「そうねえ。公園でお花見をしてから、おしゃれなカフェでお食事じゃない？」

「あたしも、一度でいいから行ってみたい！　ほら、港の見える丘《おか》に、すごく眺《なが》めのいいレストランがあるって聞いたわ。ねえ、今度こっそり連れてってよ！」

「無理に決まってるじゃない」

「ケチ、一度くらいいいじゃない。友だちなんだからさ」

「ケチって何よ。あたしに言われたって……」

危《あや》うくケンカになりかけた時、どこからか、若《わか》い男の声がした。

「そこのおふたりさん、ケンカはおやめなさい。こんなすてきな春の日に」

「だれなの？」

だが、声の主はどこにも見えない。

「通りがかりの者ですよ。よかったら、私《わたし》が連れていってあげましょうか。都会なら、どこでも知ってますすよ。さっきあなたが言っていた、眺《なが》めのいいレストランも、芸能人《げいのうじん》がこっそり立《た》ち寄《よ》る、おしゃれなカフェも」

「わあ、ほんと？　連れていくって、そんなこと、できるの？」

「できますとも。どこにだって、お連れできますよ」

「ちょっと、あなた、だれとしゃべってるの？」

高いほうの声が、あわてて口をはさんだ。

「知らない人よ。でも、とっても親切だわ。声もすてきだし！」

「あやしいわ。そんな人の言うことなんか、信じちゃダメよ！」

「こんなチャンス、きっと二度とないわ。ねえ、お願い。あたしをさらって！」

バサバサッ！　羽音とともに、大きなカラスが舞《ま》い降《お》りてきて、テラスの物《もの》干《ほ》しからハンガーをくわえて飛び立った。

「キャーッ」

花もようのワンピースが悲鳴をあげて滑《すべ》り落《お》ちた。針金《はりがね》ハンガーだけがカラスにくわえられて飛んでいく。高く、遠く……。

「カー、カー、身のほどを知れ！」

針金《はりがね》ハンガーは、高い高いビルの屋上で、カラスの巣材になった。眺《なが》めだけは抜群《ばつぐん》の場所だった。

クラスに潜《ひそ》む悪魔《あくま》

このクラスには、「悪魔《あくま》」がいる。

そんな奇妙《きみょう》な噂《うわさ》を耳にしたのは、中学一年生の春のことだった。

小学校を卒業し、中学生になったぼくは、すっかり大人《おとな》の仲間入りをしたような気分になっていた。いまだに中学生としての自覚が足りず、子どもみたいなイタズラばかりしているクラスメイトを見て、ため息をつく日々。

クラスメイトたちに、中学生として「大人《おとな》」の振《ふ》るまいを身につけて欲《ほ》しいと思っていたぼくは、クラスの規律《きりつ》を守る風紀委員になり、イタズラをするクラスメイトたちに注意をするようになった。

そんな矢先、その噂《うわさ》は流れはじめたのだ。

「悪魔《あくま》？　何か悪いことをしているやつがいるのか？」

噂《うわさ》を聞いたぼくはひとり、首をかしげながらつぶやく。真面目《まじめ》で正しいクラスを目指しているというのに、そんな人間がまじっていては問題だ。

ぼくはその「悪魔《あくま》」を探《さが》すことにした。

人として正しい振《ふ》るまいを教える。それが風紀委員であるぼくの役目だ。

「悪魔《あくま》」と呼《よ》ばれるクラスメイトだって、ぼくがひとつ注意をしてやれば、きっとよい人間になるだろう。

だが悩《なや》ましいのは、その「悪魔《あくま》」がだれなのかわからないことだ。

「悪魔《あくま》」の正体がわからなければ注意のしようがない。こればかりは地道に調べるしかなさそうだった。

ぼくはいかにもまわりから「悪魔《あくま》」と呼《よ》ばれそうな、生活態度《たいど》が悪いクラスメイトを当たってみることにした。

「最近、このクラスに悪魔《あくま》がいるっていう噂《うわさ》があるみたいなんだけど、それはきみのことかい？」

初めに声をかけたのは、ほかのクラスの人間と何度もケンカ騒《さわ》ぎを起こしている田村《たむら》だった。大きな身体《からだ》に威圧的《いあつてき》な目つき。気に入らないことがあると、すぐ手を出してくるので、クラスメイトからは怖《こわ》がられている。

ぼくは田村《たむら》がケンカを起こすたびに注意をしているが、まったく改善《かいぜん》される気配がない。田村《たむら》なら、その暴力的《ぼうりょくてき》なところから「悪魔《あくま》」と呼《よ》ばれていたとしても不思議《ふしぎ》ではないだろう。

しかし、田村《たむら》はぼくの質問《しつもん》を聞いて鼻で笑った。

「いや、それはオレのことじゃねえよ。しかしヒマなんだな、風紀委員さまは。オレにいつもやかましく注意してくるかと思えば、今度は悪魔探《あくまさが》しかよ」

「これもクラスを正すためさ。悪魔《あくま》なんていう正義《せいぎ》と反対に位置する存在《そんざい》は、ぼくのクラスには不必要だからね」

ぼくがそう答えると、田村《たむら》はなぜだかおもしろそうに口元を歪《ゆが》めた。

「さすがの風紀委員さまも、このクラスの悪魔《あくま》だけは正せないんじゃねえかな」

「悪魔《あくま》の正体について、何か知っているのかい？」

「さあ？　どうだろうな」

わざととぼけたような態度《たいど》をとる田村《たむら》は、おそらく悪魔《あくま》の正体を知っているのだろう。

なのに、それを教えようとしない。クラスの正義《せいぎ》を守るために協力しようとしない。

その行為《こうい》はまちがっている。悪だ。

ぼくはそのことにひどくいら立った。

だから気がつくと、ぼくは田村《たむら》の胸《むな》ぐらをつかんで、彼《かれ》を勢《いきお》いよく教室の壁《かべ》に押《お》しつけていた。

彼《かれ》の背中《せなか》が打ちつけられた衝撃《しょうげき》で大きな音がして、休み時間中の教室内の注目が集まるのがわかった。

それでも、ぼくの頭はカッとなったままだ。

「教えろ」

怒《いか》りで自然と低くなった声で、威嚇《いかく》するように田村《たむら》を問《と》い詰《つ》める。だが田村《たむら》は、ぼくの威嚇《いかく》などまったく気にしていないようで、へらへらとした笑みを浮《う》かべた。

「なあ、おまえはいつもそうだよな。正義《せいぎ》の風紀委員さま。だれかれかまわず注意して、相手が思い通りにならないとこうやって力で支配《しはい》しようとする」

「それの何が悪いんだい？　まちがっているのは、ぼくじゃない。相手だ。何を言っても聞き入れない相手に対して、手段《しゅだん》を選ばないのは当然だ」

すると、田村《たむら》は呆《あき》れたように息を吐《は》いた。

「おまえはいつも上の立場から、『大人《おとな》』を気取って注意してくるけどさ。はたから見てると、おまえのほうがよっぽど子どもに見えるぜ？」

田村《たむら》のその言葉は、ぼくに衝撃《しょうげき》を与《あた》えた。ぼくが子ども？　そんなはずはない。まわりのまちがいを正せるのは、ぼくが大人《おとな》の思考をもっているからだ。

「ぼくは子どもじゃないっ！　変なことを言うなっ！」

ぼくの必死な否定《ひてい》は、いつのまにか静まり返っていた教室に、嘘《うそ》のように大きく響《ひび》いた。そこで教室の異様《いよう》な空気に気づく。

田村《たむら》の胸《むな》ぐらをつかんでいた手を放して、ぼくはゆっくりと振《ふ》り返《かえ》る。すると、クラスメイトたちの怯《おび》えた視線《しせん》が、自分に向かって注がれていた。

「まちがっているやつに注意をするのはよいことかもしれないけどな。やり方が悪いんだよ、お前は」

田村《たむら》の静かな声がして、それに続くようにクラスメイトたちのささやき声が聞こえてきた。

わたしはかわいいキャラクターのポーチを持ってきただけで、校則違反《こうそくいはん》だと怒鳴《どな》られたよ……。オレは登校中に具合が悪くなって遅刻《ちこく》した時、あいつに机《つくえ》を強く叩《たた》かれて、大声で注意された……。

彼《かれ》らの恨《うら》みとまどいの声は続く。それどころかどんどんと膨張《ぼうちょう》していく。

「そんな……ぼくは正しい……まちがってなんかいなかったはずなのに……」

ぼくはふと、教室を満たしていくささやき声の中に、ある単語がまじっていることに気づいてしまった。
あ、く、ま。
あくま、あくま。
悪魔《あくま》、悪魔《あくま》、悪魔《あくま》！
そうして、ぼくは知る。
このクラスに潜《ひそ》む悪魔《あくま》、それは――。
他ならぬ、ぼくのことだった。

悪魔《あくま》はキミより勤勉《きんべん》

昔々、人間が里をつくりはじめたころのこと。里の夜闇《よやみ》からひっそり、悪魔《あくま》っ子が生まれた。彼《かれ》は生まれるとすぐ、穴《あな》を掘《ほ》りはじめた。人間を落とすための穴《あな》だ。だって、そのために生まれてきたんだもの。

夜が明けた時には、落ちたらひとりでは抜《ぬ》け出《だ》せない深さの穴《あな》が、道にあいていた。悪魔《あくま》っ子は木に登り、こずえに隠《かく》れ、里人らが起きるのを、胸《むね》を躍《おど》らせて待った。

(起きたぞ。さぁ、こっちへ来い、来い、来い、来た！ ほら、落ちろ！)

けれどだれひとり、落ちなかった。穴《あな》のふちで立ち止まるのだ。そればかりか、せっかく掘《ほ》った穴《あな》に土を戻《もど》しはじめた。悪魔《あくま》っ子の生まれて初めての作品は、わずか数時間で、消されてしまった。

悪魔《あくま》っ子はがっかりした。そして考えた。何がいけなかったのだろう。戻《もど》した土を足《あし》踏《ぶ》みして固《かた》めている人間たちを見下ろすうちに、ふと思いついた。もしかしたら、こいつらは穴《あな》に落ちるのが嫌《きら》いなのかも。それは困《こま》った。だって悪魔《あくま》っ子は、人間に落ちて欲《ほ》しいんだもの。工夫しなくちゃな。

その夜、また深い穴《あな》を掘《ほ》った。底に、熟《じゅく》しておいしそうな果実を、山盛《やまも》りおいた。見れば食べたくてたまらなくなるやつだ。そしてまた隠《かく》れて、ワクワクと待った。

(落ちろ〜)

またたれも落ちなかった。長い棒《ぼう》やら縄《なわ》やらにトリモチをつけて、果実だけ拾い上げやがった。くそ、やるじゃねぇか。けど、負けねぇぞ。ぞくぞくと、楽しくなった。

さて、どうする？　悪魔《あくま》っ子は次の穴《あな》を掘《ほ》る前に、人間を一日観察してみた。そして、彼《かれ》らが落とし穴《あな》で、ケモノをとることを知った。

それを真似《まね》て、掘《ほ》った穴《あな》を小枝《こえだ》や葉や土で隠《かく》した。穴《あな》があると気づかれないように。

すると、最初に通りがかった男が落ちた。穴《あな》の中で怒《いか》りの叫《さけ》びをあげている。

（うーん、なんだかつまらない。なんか、ちがうなぁ）

悪《あく》魔《ま》っ子は考える。自分はどんな感じを求めているんだろう。

（おれが欲《ほ》しいのは、暗く、陰《いん》湿《しつ》で、やりきれない感じ。落ちた人間が、身もだえして、自分を責《せ》めるような。ぐじぐじと己《おのれ》の運を恨《うら》むような）

ひとつの言葉が、ひらめいた。

（後《こう》悔《かい》。そうだ。後《こう》悔《かい》させなきゃ。自分の意《い》志《し》で落ち、そのことをくり返し後《こう》悔《かい》させたい。そのためには、どんな仕《し》掛《か》けが必要だ？）

悪《あく》魔《ま》っ子は、一生懸《けん》命《めい》、何日も考えた。

アリ地《じ》獄《ごく》の巣を見つけ、獲《え》物《もの》を引《ひ》きずり込《こ》むのを見るために何度もアリを落とした。

食虫花を探《さが》し出《だ》し、その花をばらして穴《あな》のつくりを学んだ。

何より、人間を観察した。そしてある法《ほう》則《そく》を見《み》出《いだ》した。人間は、禁《きん》じられたものや秘《ひ》密《みつ》に、惹《ひ》きつけられる。虫が花のにおいにおびきよせられるように。

浅い穴《あな》を掘《ほ》り、大きな葉をのせ、風で飛ばないよう、小石で押《お》さえた。葉には、印を書きつけた。これは禁断《きんだん》の扉《とびら》。開けてはならぬ。そういう印を。

夜明けに通りがかった水汲《みずく》みの女が、足を止めた。あたりをうかがってから、穴《あな》のふちにしゃがむ。小石をどけ、葉をめくる。何もない。いや、横穴《よこあな》がある。秘密《ひみつ》を隠《かく》すのにちょうどよさそうな。女はもう一度あたりを見まわし、だれもいないことをたしかめる。穴《あな》の深さは背丈《せたけ》の半分もない。落ちてもひとりで出られそうだ。女は穴《あな》に入った。身をかがめ、横穴《よこあな》をのぞく。奥《おく》で何かがキラキラしている。恐《おそ》る恐《おそ》る横穴《よこあな》に手を入れた。届《とど》かない。肩《かた》まで腕《うで》を入れる。そのとたん、壁《かべ》が崩《くず》れた。横穴《よこあな》が広がり、土と一緒《いっしょ》に女を飲《の》み込《こ》む。滑《すべ》り落《お》ちる土がアリ地獄《じごく》の巣のように、女を深いところへ運ぶ。

くくくっ。悪魔《あくま》っ子の腹《はら》の底から、笑いが込《こ》み上《あ》げた。


時が流れ、悪魔《あくま》っ子も一人前の悪魔《あくま》になった。現在《げんざい》、二〇一八歳《さい》。

つまり、それが、この私《わたし》。そんな歳《とし》に見えない？　容姿《ようし》には気を使っているからね。悪魔《あくま》たるもの、目立たず、それでいて魅力的《みりょくてき》でないと。

そして、努力家でもあるのだよ。私《わたし》は幼《おさな》いあの日から、一万種もの穴《あな》を開発した。目に見えるものだけではなく、見えない穴《あな》も。そのひとつを、今からお見せしよう。〈恋《こい》の落とし穴《あな》〉だ。もうすぐこのカフェで、男女が出会って恋《こい》に落ちる予定なのだ。ゲリラ豪雨《ごうう》のおかげでね。

ああ、降《ふ》ってきた、すごい雨音だ。外を見てごらん。西から男が、東から女が走ってくる。ほら、ちょうどこの店先でぶつかった。転びそうになった女を男が支《ささ》える。そのひょうしにふたりともカバンを落とす。たがいに相手の荷物を拾ってやり、顔を見合わせる。どちらも容姿《ようし》が好みだったから、笑顔になる。店に入ってきた。いや、ここまでは、神だかキューピッドの仕事。

ここからなのだよ、私《わたし》の楽しみは。

女は、男の本をハンカチで拭《ふ》きながら、相手の知的レベルをはかっている。こんな難《むずか》しい本を読む人なのだから、頭がよくて将来《しょうらい》有望なのかも、と。

男は、女のそのしぐさを見て、なんて優《やさ》しい人だと感動している。こういう女性《じょせい》が幸せな家庭をつくるのだろうな、などと。

そしてふたりとも、運命の出会いかもと、胸《むね》を高鳴らせている。

そんな恋《こい》のはじまりに私《わたし》の息吹《いぶき》を贈《おく》ろう。くくくっ、ほら、恋《こい》の炎《ほのお》が燃《も》え立《た》った。

(将来《しょうらい》有望なすてきな男性《だんせい》だわ)

(この女性《じょせい》とならば理想の家庭を築《きず》ける)

(運命の出会いにちがいない)

それぞれに、自分の都合のよいふうに思《おも》い込《こ》んだよ。炎《ほのお》が燃《も》え盛《さか》る間は、思《おも》い込《こ》みを重ね、自《みずか》ら〈恋《こい》の落とし穴《あな》〉を掘《ほ》り進《すす》める。そして炎《ほのお》が消えた時、どれほど深い穴《あな》ができあがっているだろうね。うん、楽しみだ。

気づいたかい？　私《わたし》は、ただ、息吹《いぶき》を贈《おく》っただけ。それだけでいいのだ。

悪魔《あくま》っ子だった幼《おさな》き日に、私《わたし》は、人間は穴《あな》に落ちるのが嫌《きら》いなのだと思った。あれはまちがいだ。訂正《ていせい》する。まだ、きみたちを深く知り得ていなかったのだ。

人間は、心のどこかで、堕《お》ちることに惹《ひ》かれている。それが、私《わたし》の得た真理だ。

「ダイエット」とくり返し言う女は、本当は食べたくてならないのだ。「禁酒《きんしゅ》」の貼《は》り紙《がみ》をしている人間は、酒好き。目覚《めざ》ましをかける者は、できればもっと朝寝《あさね》をしたい。

だから私《わたし》は、望む穴《あな》へと背中《せなか》を押《お》してやる。息吹《いぶき》ひとつぶんだけ。

ちょっと失礼して、ノートパソコンを開けさせてもらうよ。あの男女のデータを入力しておきたい。昔は石や木や紙に記録していたのだが、今はこのパソコンに、二〇一八年分の記録が整理されている。そう、データベースだ。年齢《ねんれい》別、男女別、時代別の分析《ぶんせき》などもできて、なかなかおもしろいよ。

それに、スーツを着てノートパソコンを小脇《こわき》に抱《かか》えていれば、今の人の世に溶《と》け込《こ》みやすい。きみも、私《わたし》が相席を頼《たの》んだ時、警戒《けいかい》しなかっただろう?

せっかくだから、いくつかファイルを見せようか。私《わたし》が発見したさまざまな法則《ほうそく》や真理を分類、記録したものだ。たとえば、人間が誘《さそ》いにのりやすい言葉……〈本当は秘密《ひみつ》だけれど〉〈あなただけに〉〈バレっこない〉……。きみはどうかな。

こちらは、私《わたし》が開発した穴《あな》のリスト……〈人を呪《のろ》ってふたつ穴《あな》〉〈疑心暗鬼《ぎしんあんき》アリ地獄《じごく》〉

〈引きこもり巣穴《すあな》〉〈ムダづかい底なし穴《あな》〉……そう、一万種。それぞれ、落ちた人間のデータもリンクしてある。ああ、私《わたし》が整理分類した。すごいって？　手間ヒマかけることが嫌《きら》いじゃないのでね。最近の人間は、面倒《めんどう》を避《さ》けたがるね。私《わたし》に言わせれば、面倒《めんどう》くさいことをこなす力こそが、生きる力を育てる。ボタンひとつですべてができるマシンを開発すれば、きみたちはすぐ滅《ほろ》ぶね。いやいや、私《わたし》はそんなことを望んでいないよ。だって人間が滅《ほろ》んでしまったら、私《わたし》の楽しみも、私《わたし》の存在意義《そんざいいぎ》もなくなるじゃないか。

おや、リストから目が離《はな》せなくなったようだね。このカフェで相席になったのも何かの縁《えん》、ひとつプレゼントしよう。

いや、きみに嘘《うそ》をつくのはやめよう。実をいうと、私《わたし》はきみに会うために、今日、ここへやってきたんだ。

きみも、自分の心に素直《すなお》になればいい。お望みの穴《あな》が、あるだろう？

大丈夫《だいじょうぶ》、私《わたし》の息吹《いぶき》が背中《せなか》を押《お》す。

堕《お》ちる恍惚《こうこつ》を、味わわせてあげよう。

文字が歪《ゆが》んで

何かが変だ。

そう思ったのは、ふだん通《かよ》い慣《な》れた駅の中をぐるぐると迷《まよ》って、十分がすぎたころだった。わたしの通っている私立《しりつ》小学校は、家の最寄《もよ》りの駅から五駅ほど離《はな》れていて、登校には毎日、電車を使っていた。面倒《めんどう》なのは、その間で一度乗《の》り換《か》えをしなくちゃいけないことだ。家から二駅進んだところで電車を降《お》り、また別の電車に乗って三駅。それで合計五駅分の距離《きょり》を移動《いどう》する。

そして今、わたしは乗《の》り換《か》えのためにいつも降《お》りる大きな駅の中で、迷《まよ》ってしまっていた。

さまざまな電車が通るその駅の構内《こうない》は、複雑《ふくざつ》な構造《こうぞう》になっていて、利用するお客さんの数も多い。でも、いつもは決まった通路しか通らないから迷《まよ》ったりはしなかった。

ところが、今日に限《かぎ》っていつもの通路が工事中だったのだ。それで遠まわりをしないといけなくなって、目的地までの道のりを示《しめ》す案内板を見ながらなんとか進んでみたけれど、結果はこの通りだ。

ふだんなら五分くらいで乗《の》り換《か》えを終えて、もう次の電車に乗っているころだろう。

何かが変だ。

わたしだってもう小学五年生。小さな子どもじゃない。案内板の文字もちゃんと読むことができるし、さっきからその案内通りに歩いている。

わたしは天井《てんじょう》から吊《つ》り下《さ》がっているホームへの案内板をもう一度、しかめっ面《つら》で眺《なが》め、道を確認《かくにん》しながら歩いていく。

「次の道を左、だよね」

慎重《しんちょう》に指差し確認《かくにん》まで行《おこな》い、指示《しじ》に従《したが》って左へ曲がった。

「そして、その次の道を左。最後にその先を左……え？」

おかしい。わたしは首をひねった。

「ここ、さっきの場所だよね……？」

わたしの目の前には、ついさっき見たばかりの風景が広がっていた。左、左と進んでいって、ぐるりと一周してしまったのだ。もちろん、目的の改札は見あたらない。

「どういうことだろう……あれ？」

途中《とちゅう》で改札を見落としてしまったのかと、案内板にもう一度視線《しせん》を向けたわたしは、そこで奇妙《きみょう》なことに気づいた。背筋《せすじ》がすっと寒くなって、わたしはその案内板から目を離《はな》せなくなる。

さっき、『左へ』と誘導《ゆうどう》していた案内板の文字。それはたしかに『左へ』だったはずなのに、なぜかその文字が『右へ』に変わっていたのだ。

「に、似《に》たような場所ってだけで、ほんとはさっきとちがうところなのかな……」

わたしは自分に言い聞かせるようにそうつぶやいたけれど、この場所はどう考えても、さっきと同じ場所だ。明らかにおかしい。

だれかに道を聞きたかったけれど、駅員さんは見あたらないし、すれちがう人たちは早足で声をかけられない。結局、わたしには案内板の誘導《ゆうどう》に従《したが》う以外の選択肢《せんたくし》がなかった。案内板が『右へ』と言うのなら、右に行くことしかできないのだ。

わたしはあまり気にしないようにして、さっきは左に曲がった道を、今度は右に曲がった。そろそろ電車に乗らないと、学校に遅刻《ちこく》してしまう。

次に出てきた案内板は……『右へ』。

そして、最後の案内板も……『右へ』。

そうして、また元の場所に戻《もど》ってきた。

わたしはなんだか泣きそうな気分になって身体《からだ》を小さく震《ふる》わせた。得体のしれない存《そん》在《ざい》が自分をねらっているような、そんな不安な気持ちになって周囲を見まわしてしまう。

まわりに大きな変化はない。けど、一か所だけ変わっているところがあった。

そう、あの案内板だ。

「……ひっ！」

そこに書かれた文字を見たわたしは、思わず小さく悲鳴をあげてしまった。案内板の文字、それは『左へ』じゃなく、『右へ』でもなく。『学校へ行くな』だった。よく見ると、その文字列はうねうねと小さな虫の集まりのように動いている。

そして今度は、『帰ろう』という文字に変わった。

文字が自《みずか》ら変化する。そんなバカなことが起こるというのなら、わたしが迷《まよ》ってしまったのも理解《りかい》できる。あの案内板の文字はどういうわけか、わたしを学校に行かせたくないようだ。

すごく怖《こわ》かった。でも逆《ぎゃく》に考えれば、あの天井《てんじょう》から吊《つ》り下《さ》がった案内板さえ無視《むし》すれば、目的の改札を見つけられるかもしれない。そうやって、勇気を振《ふ》り絞《しぼ》って周囲を見まわした時だ。

わたしの身体《からだ》は、今度こそ恐怖《きょうふ》で固《かた》まった。自分の予想は甘《あま》かったのだ。妙《みょう》なのは、あの案内板だけだと思っていた。

でも、ちがった。

いつのまにか、自分の周囲のありとあらゆる文字列が虫のようにうごめいていた。

壁《かべ》にはられたポスターが、有名人が笑顔をつくっている広告が、構内《こうない》に並《なら》ぶお店の店名が、だれかの持っている新聞が、本が、バッグの英字が。

周囲のすべての文字が、『帰ろう』という文字に変化していた。

ぞっとした。

急に吐《は》き気《け》が込《こ》み上《あ》げて、わたしはその場にしゃがんだ。怖《こわ》くて身動きできない。呼《こ》吸《きゅう》が不規則《ふきそく》になって、胸《むね》がすごく苦しくなった。

周囲を行き交う人々が、異変《いへん》に気づいた様子はない。

わたしだけ。

わたしだけが、何かとてもおぞましいものに魅入《みい》られてしまった。

このまま家に帰ってしまえば、この文字たちのささやきも消えてくれるのだろうか。

それだったら、今日は学校を休んでもいい。何もこんなつらい思いをしてまで、学校に行く意味なんて……。

恐怖《きょうふ》に包まれたわたしが、そうやって学校に行くことをあきらめようとした時だ。

「どうしたの？　大丈夫《だいじょうぶ》？」

突然《とつぜん》、背後《はいご》から声をかけられた。その声の主を、わたしは知っていた。

「……真樹《まき》ちゃん？」

しゃがんだ姿勢《しせい》のまま、後ろを振《ふ》り返《かえ》ると、親友で同じ学校に通っている真樹《まき》ちゃんが心配そうな顔をして、こちらをのぞき込《こ》んでいた。

「具合、悪い？　だれか呼《よ》んでこようか？」

「ううん、大丈夫《だいじょうぶ》……家に帰れば、解決《かいけつ》すると思うから」

周囲の文字たちは『帰ろう』、『帰ろう』とわたしに訴《うった》え続けている。頭がおかしくなりそうだ。早くこの場を離《はな》れないといけない、とわたしは立ち上がる。

だがそのまま、ふらふらと歩き出そうとしたわたしの右手を、真樹《まき》ちゃんが引き止めるように強く握《にぎ》った。

びっくりして立ち止まると、真樹《まき》ちゃんはわたしの正面にまわって、なんだか気まずそうな表情《ひょうじょう》を浮《う》かべる。

「……まだ、怒《おこ》ってる？」

なんの話だろう。頭がくらくらしていて、うまく思い出せない。だけど、大切な何かを忘《わす》れている気がした。駅の中でこうして迷《まよ》ってしまうまで、わたしはずっとその何かに悩《なや》んでいたのだ。

真樹《まき》ちゃんが謝《あやま》っている。学校に行くな、帰ろうと文字たちが言う。なぜか頭がぼんやりしている。

いろいろな事柄《ことがら》について、ひとつずつゆっくりと考えていく。きっとそれらはつながっているという予感があった。そうやって静かに頭の中を整理していると、真樹《まき》ちゃんが不意に頭を下げた。びっくりするわたしに向かって、真樹《まき》ちゃんは言う。

「昨日《きのう》はごめん！　仲直りしよう？」

仲直り。

その言葉が、わたしにすべてを思い出させた。

そうだ。わたしも、真樹《まき》ちゃんに謝《あやま》らないといけなかったのだ。

「……わたしのほうこそ、ごめんっ！」

わたしは勢《いきお》いよく頭を下げた。そして、その瞬間《しゅんかん》。

周囲にただよっていた嫌《いや》な空気が一瞬《いっしゅん》で消えてなくなった。

ゆっくりと顔を上げる。周囲の風景は、すべて元通りになっていた。わたしを囲む無数の文字たちは本来の姿《すがた》に戻《もど》り、街を彩《いろど》っている。

そんな日常《にちじょう》の風景の真ん中に、親友の真樹《まき》ちゃんがいた。

その表情《ひょうじょう》からは気まずそうな様子がすっかりなくなって、彼女《かのじょ》は安心したように、ほっと息をつく。

「よかったぁ。あたし、ちゃんと仲直りできるか、ずっと不安だったんだ」

そうやって笑う真樹《まき》ちゃん。

彼女《かのじょ》がずっと不安だったように、わたしもずっと不安だった。

昨日《きのう》、わたしと真樹《まき》ちゃんは些細《ささい》なことでケンカをしてしまった。わたしはこれまであまりケンカをしたことがなかったから、どうやって真樹《まき》ちゃんと仲直りすればいいか、昨日《きのう》の夜の間、ずっと悩《なや》んでいた。

そうしたら、いつのまにか朝になってしまっていた。

仲直りするための方法は見つからず、寝不足《ねぶそく》によってふらついた頭で、それでも学校には行かなくちゃいけなくて、この駅のいつもの通路が工事中だと気づくまで登校中も真樹《まき》ちゃんのことばかり考えていた。

学校に行きたくなかった。真樹《まき》ちゃんと顔を合わせた時、ちゃんと仲直りできるか不安だったから。

今ならわかる。わたしにずっと『帰ろう』とささやき続けた文字たち。

あれは、得体のしれないものなんかではなく……。

学校に行くのが嫌《いや》で、そして寝不足《ねぶそく》で意識《いしき》が曖昧《あいまい》だったわたしがつくり出した、不思《ふし》議《ぎ》な妄想《もうそう》だったのだ。

真・ウサギとカメ

またやっちまった。情《なさ》けない。緑あふれる小山のふもとで、おれは自己嫌悪《じこけんお》に耳をうなだれた。少し先には、足と首をだらりと伸《の》ばしたカメがいる。ぶつぶつと、聞こえよがしのひとりごとをつぶやいている。

「ああ、疲《つか》れたっす。ウサギに勝ったからって、いいことなんて何もないのに。うまいものが食えるわけでもないし、また池まで歩いて戻《もど》らなきゃならないし」

そう、おれたちは、恒例《こうれい》の競走を終えたところだ。

「おい、カメ」

おれの呼《よ》びかけが聞こえないのか、いや聞こえていても無視《むし》するマイペース・カメ。

「池でカノジョと仲良く日向《ひなた》ぼっこするほうが、百万倍いいっす」

「カメってば」

「ほんと、もう、やってらんないっす」

おれはピョンと跳《と》びはね、甲羅《こうら》に着地した。

「無視《むし》すんなよ、カメー」

「ちょっ、何すんですか」

「どうせなら、初めから無視《むし》してくれりゃ、競走なんてしなくてすむのによ」

「そっちが絡《から》んでくるから、売り言葉に買い言葉、ってなるんすけど」

そうなんだよな。なんで絡《から》んじゃうのかな、おれ。でも、それも、今日で終わりにするぜ。自分を鼓舞《こぶ》するために、後ろ足で甲羅《こうら》を叩《たた》いてから、心の中でくり返してきた提《てい》案《あん》を口にした。

「なぁカメ、競走、やめね？」

カメが首を伸《の》ばして、じろりとおれをにらむ。

「まず、甲羅《こうら》から降《お》りてもらえますかね」

おれはおとなしく、地面に降《お》りる。

「あのさ、おれの俊足《しゅんそく》って逃《に》げ足だから。ゴールめざすとか、わけわかんないのよ」

「自分なんか、走るのはもちろん、速く歩くなんてことも望んでないっすよ。そんなの意味ないっす」

カメは首を伸《の》ばし、唾《つば》を飛ばしながら熱弁《ねつべん》しはじめた。

「歩みが遅《おそ》いのは、甲羅《こうら》が重厚《じゅうこう》だからっす。いわば生き残り戦略《せんりゃく》ゆえっす。これほどオリジナリティでユニークな防備《ぼうび》を開発したのは、オンリーワン！　カメだけっすよ。甲《こう》羅《ら》を背負《せお》ってこそカメ、ないやつはカメじゃない。ここだけの話、これってね、肋骨《ろっこつ》を広げてつくるんすよ、すげーっしょ」

ああ、マニアックな自慢話《じまんばなし》がはじまっちまった。カメ、めんどくせー。おれは適当《てきとう》に耳を揺《ゆ》らし、熱心に聞いているふりをする。

おれの逃《に》げ足《あし》の速さだって、ウサギの誇《ほこ》りだ。それをカメと競うこと自体、恥《はじ》だ。しかも油断《ゆだん》して寝《ね》ちゃって負けるとか、ありえない。なのに、おれは、それをやっちまう。

二重三重の自己嫌悪《じこけんお》。

　そんなおれの目の前で、カメが目を細め、自己陶酔《じことうすい》している。

「速さを競うなんてバカをするより、重厚《じゅうこう》な甲羅《こうら》に全身おさめてカッコよくキメたいっすよ」

　カメがうっとり口を閉《と》じたすきに、おれは言った。

「いいね、それ。次、会った時に、ぜひやって見せてよ」

「なんなら今すぐ、見せちゃいます？」

「いやいや、もったいない。今度の楽しみに取っておく。じゃ今後、競走はナシってことで」

「了解《りょうかい》っす」

　おれは晴々と、小山へ駆《か》けのぼった。

　――にもかかわらず、おれとカメはまた競走していた。さっきトロトロ歩くあいつに会って、つい口が滑《すべ》った。

「カメ、相変わらず、トロくせー」

カメは、上目遣《うわめづか》いに言い返した。

「でも、ウサギには負けないっす。勝負するっすか」

そう言われて、引けるかよ。ああ、また、競走だ。

おれは重い心を抱《かか》えて、それでも、ぴょーんぴょーんと風を切って走る。ゴールは小山のふもと。毎回同じだ。それってまずくない？　キツネに待《ま》ち伏《ぶ》せされたらどうすんだよ。食われて終わりじゃん。自慢《じまん》じゃないけど、おれの肉はやわらかくてうまいらしい。人間なんかは、おれの毛皮も欲《ほ》しがる。

だから俊足《しゅんそく》なんだ。逃《に》げて逃《に》げて、生《い》き延《の》びるために。カメと競走するためじゃない。

そうだ、あいつが追って来なけりゃ、競走にはならない。期待を胸《むね》に、走りながら振《ふ》り返《かえ》る。

げげ、追って来てるよー。なんでだよ。甲羅《こうら》に全身おさめたいって言ってたじゃん。

とっとと、おさめろよー。

それにしても、やっぱ、トロくせー。カメを見ると、いつもそう思う。けどなんで思ったことがそのまま、口に出ちゃうかな。そもそも、なんで、よく会うんだ。だれかに仕組まれてる？

そう気づいたとたん、おれの長い耳に聞こえてきた。

（ウサギとカメの競走、はじまりぃ）

ああ、そうだった。競走中いつも声が聞こえるんだ。なぜか走り終わると忘《わす》れちまうんだけど。

（ウサギ、昼寝《ひるね》するんでしょ）

しねぇよ。ぜったい。

（バカだねぇ、ウサギ）

こいつはきっと悪魔《あくま》だ。ゴールまで走《はし》り抜《ぬ》いて、ウサギの俊足《しゅんそく》を見せてやる。

（カメ、がんばれー）

ちっ、えこひいきか。また振《ふ》り返《かえ》る。カメが黙々《もくもく》と歩いている。そうか、あいつにも悪魔《あくま》の声が聞こえているんだな。

（ウサギなんかに負けるなー）

うわ、なんか……って。やめてくれよ、ウサギって繊細《せんさい》なんだぜ。傷《きず》つくじゃん。

（ウサギまだ寝《ね》ないのかなぁ）

そしてプレッシャーにも弱い。寝《ね》なきゃいけない？　いやいやいや、がんばれ、おれ。

今日こそ、ウサギの走りを見せてやれ。ぴょんぴょんぴょーん。

（もしもしカメよ　カメさんよ〜♪）

ああ、とうとう、悪魔《あくま》の歌がはじまった。負けるな、おれ、ぴょんぴょーん。

（ここらで ちょっと ひと眠《ねむ》り〜♪）

その歌声はあどけなく、期待に満ちている。くっそぉ、おれはウサギだ、ぴょーん。

（グーグー グーグー グーグーグー♪）

おれの俊足《しゅんそく》がにぶる。ぴょ……ん。

赤ずきんのユーワク

深い森の小道を、赤ずきんが歩いていた。お母さんから、病気のおばあさんのお見舞《みま》いに行くように頼《たの》まれたのだ。

この赤ずきんは、三代目の赤ずきんで、あの有名な物語の主人公の孫だった。これから会いに行くおばあさんとは、元祖《がんそ》赤ずきんだ。

オオカミに一度飲《の》み込《こ》まれ、狩人《かりゅうど》に助け出されるまで胃袋《いぶくろ》の中に閉《と》じ込《こ》められた経験《けいけん》は、どうやらおばあさんの体によくない影響《えいきょう》を与《あた》えたらしく、今ではすっかり弱って、ベッドで寝《ね》たきりになっている。

三代目赤ずきんは、初代の失敗を、耳にタコができるほど聞かされていた。

「おばあちゃんったら、バッカみたい。のんきにお花なんかつんで、すきだらけだったのね。あたしはオオカミなんかにだまされたりしないわ。ま、オオカミなんてもう絶滅《ぜつめつ》危惧種《きぐしゅ》らしいけどさ。ふふ」

赤ずきんは、お母さんに持たされた、おばあさんの好物のアップルパイの入ったかごを下げて、ずんずん森を歩いていく。

そこへ、ひとりの美しい青年が通りかかり、赤ずきんに声をかけた。

「やあ、こんにちは。きみ、この森じゃ見かけないようなかわいい子だね。どこへ行くの？」

青年は、背《せ》が高く堂々としていた。長いたてがみのような髪型《かみがた》に、吸《す》い込《こ》まれそうな不思議《ふしぎ》な色の瞳《ひとみ》。長い足をぴったり覆《おお》うパンツも、グレーの上着も、どちらも仕立てがよく、見たこともないようなしゃれたデザインだった。

「え、ええ。ちょっと、お見舞《みま》いにね。あなたは……だれ？」

「ぼくは、オオカミだよ」

赤ずきんはびっくりして立ち止まった。

「オオカミですって?」

「ああ、正真正銘《しょうしんしょうめい》のね」

「うそでしょ、だって、オオカミに見えないわ」

「イマドキ、あんな野蛮《やばん》なケモノの姿《すがた》で、生き残っていけると思うかい?」

「それもそうよね、絶滅危惧種《ぜつめつきぐしゅ》だって言われてるし……。あら、ごめんなさい。怒《おこ》らないでちょうだい」

赤ずきんは、思わず口に手を当てた。すると、青年は肩《かた》をすくめてこう言った。

「ぼくの祖父《そふ》は、赤ずきんとおばあさんを食べてさんざんな目にあったんだ。ぼくは、そんな愚《おろ》かなことはしないよ。ふん、オオカミが人を食べるなんて、まったくくだらない。時代遅《おく》れもいいとこだ」

それから、青年は手慣《てな》れたしぐさで森の花をつみ、あっというまにすばらしくセンスのいい花束をつくった。

「さあ、これをどうぞ。お嬢《じょう》さん」

赤ずきんが目をパチクリさせていると、青年は言った。

「ねえ、そんな子どもじみた赤い帽子《ぼうし》なんかかぶっていないで、ぼくと一緒《いっしょ》に外の世界に行かないか？　この世界の外では、みんな自由だよ。女の子は流行の服を着て、小枝《こえだ》みたいな細いヒールのくつをはいて、キラキラ笑っているよ」

「それ、ほんとうなの？」

「ああ、そんなやぼったいスカート、だれもはいていないよ。きみにはもっとかわいい服を買ってあげる。きみにぴったりの店があるよ」

赤ずきんはため息をついて、うっとりと青年を見上げた。

「じゃ、ぼくはここで待ってるから、用事を済《す》ませておいでよ」

青年は、大きな木に寄《よ》り掛《か》かって、ウインクした。その瞬間《しゅんかん》、目の前でシャラーンと星くずが散ったような気がして、赤ずきんの心臓《しんぞう》はドキンと音を立てた。

「あたし、なんにも知らなかったんだわ」

ふわふわした足取りでおばあさんの家に向かう赤ずきんの頭の中には、「外の世界」

という言葉が、甘《あま》いささやきのようにこだましていた。

「あたし、もう赤ずきんなんかやめて、生まれ変わるわ。このアップルパイとお花をおばあちゃんに届《とど》けたら」

おばあさんの家の古びたドアは、まるで、古い時代へ逆戻《ぎゃくもど》りする入口のようにも見え、赤ずきんは身震《みぶる》いした。

「こんにちは、おばあちゃん。お見舞《みま》いに来たわ。具合はいかが？」

「おお、おお、赤ずきんかい。おまえが来るのを待っていたよ。さあ、もっと近くに来て、顔を見せておくれ」

ベッドに寝《ね》ているおばあさんは、いつもよりずっと小さく、しわくちゃになったように見えた。

「お母さんが、おばあちゃんの大好きなアップルパイを焼いてくれたのよ。それから、お花も持ってきたわ。ほら」

「そうかい、そうかい。ありがとうよ」

赤ずきんは、ベッドのそばの椅子《いす》に座《すわ》ると、おばあさんに話しかけた。

「あのね、おばあちゃん、あたしがお見舞《みま》いに来るのは、これで最後よ。あたし、森を出て外の世界に行くの。すてきな人に誘《さそ》われちゃったのよ」

「まあ、なんてことだろう！」

おばあさんは、かすれた声で、涙《なみだ》ながらに言った。

「あたしが歳《とし》を取っていく間に、時代は変わっちまったんだね。悲しいけど、おまえの好きにするがいい。かわいいおまえは、世界一の孫娘《まごむすめ》さ」

「ありがとう、おばあちゃんも世界一のおばあちゃんよ。わがまま言ってごめんなさい。愛してるわ！」

赤ずきんは、思わずおばあさんに抱《だ》きついた。

ぱくっ！

ベッドから瞬時《しゅんじ》に起き上がって赤ずきんを飲《の》み込《こ》んだのは、毛の抜《ぬ》けかけた、よぼよぼのオオカミだった。

「ああ、うまかった。これでいつ死んでも悔《く》いはない」

そこへ、さっきの青年が入ってきた。

「うまくいったかい？　じいちゃん」

「ああ、おかげさまでな。まさかこのわしがまだ生きていたとは、ばあさんも孫も知らなかっただろうよ」

「ばあさんは昨日《きのう》、狩人《かりゅうど》もおととい無事に平らげたようだけど、これで全員だったよね？」

「ああ、おまえのおかげだよ。こんなに一気にうまくいくなんてなあ。ところで、狩人《かりゅうど》はどうやってそそのかしたんだ？」

「なあに、『昔あんたが助けた赤ずきんが、死ぬ前に恩人《おんじん》の狩人《かりゅうど》さんに、金貨を一袋《ひとふくろ》渡《わた》したいって言ってるよ』ってささやいたんだ。ただし、こっそり渡《わた》したいらしいから、ひとりで行くようにってね」

「そうかい。あいつも最後に欲《よく》を出したな。おかげで復讐《ふくしゅう》できたよ。それにしてもおまえ、ずいぶんな才能《さいのう》じゃないか」

「じいちゃん、イマドキ、人を食うなんてクールじゃないぜ。甘《あま》い言葉をささやいて、金を巻《ま》き上《あ》げて生きていくほうがずっとスマートで割《わり》がいいや。欲《よく》の深い人間はいっぱいいるから、楽なもんさ」

「へぇえ、昔はだれも思いつきやしなかったよ。時代は変わっちまったんだなあ。おっと、ここ三日間、久《ひさ》しぶりに食いすぎた。消化が悪いや」

年寄《としよ》りオオカミは、腹《はら》をさすった。

「丸のみなんて体に悪いから、ほどほどにしな。じゃあな、ぼくは街に戻《もど》るよ。じいちゃん孝行《こうこう》ができてよかったぜ」

「ああ、おまえも達者で暮《く》らせよ」

「次はいつ会えるかわからないけど、長生きしろよ」

若《わか》いオオカミは鏡を見て髪《かみ》をととのえ、年寄《としよ》りオオカミに手を振《ふ》って、さっそうと小屋を出ていった。

鳥

ボクは鳥。海を越《こ》え谷を渡《わた》り森を見つけ、今、樫《かし》の木の枝《えだ》にとまったところ。隣《となり》に舞《ま》い降《お》りたのは、一緒《いっしょ》に旅してきた、ボクの恋人《こいびと》。

木々の合間から陽《ひ》が差《さ》し込《こ》み、どこからか斧《おの》で木を伐《き》る音が響《ひび》く。なかなかよい森だ。

ボクはドキドキしながら、プロポーズの言葉を口にする。

「こ、ここで、巣づくりしないか」

「ええ、いいわ」

やった！　ボクは高らかに愛を歌う。トゥルトゥルトゥルー。われながら、魅力的《みりょくてき》なテノールだ。

恋人《こいびと》、いや、妻《つま》も歌いだした。リュルリュルリュルー。澄《す》んだソプラノだ。何度聞いてもほれぼれする。

トゥルトゥルトゥルー。

リュルリュルリュルー。

ひとしきりデュエットしてひと息ついた時、木の下で声がした。

「こんなすてきな歌声は、初めてだ」

満面の笑顔でこちらを見上げているのは若《わか》い人間――少年だ。

「おらの家族にも聞かせてやりたい。この山の中腹《ちゅうふく》に住んでるんだ。木を伐《き》ったり、薪《たきぎ》を集めたりして暮《く》らしてる。明日《あした》、連れてくるで、また歌ってくれな」

翌日《よくじつ》、少年は、両親と兄弟姉妹を連れてきた。翌々日《よくよくじつ》には、親戚《しんせき》だとかいう人間も加わった。さらに次の日には、ふもとの里人とやらも。毎日、大勢《おおぜい》が集まってボクと妻《つま》のデュエットを待つようになった。

巣づくりに使えそうなワラや、熟《じゅく》した果実を持ってきてくれたから、お礼に歌った。

ある日、集まった人間たちに向かって、少年の父親が言った。

「ここは、わしの預《あず》かる山。鳥の歌を聞く前に、わしに金を払《はら》え」

「なんだとぉ」

木の下で騒《さわ》ぎ出《だ》したから妻《つま》が怒《おこ》って、ピッとフンをかけ、追《お》い払《はら》った。

その翌朝《よくあさ》。夜が明けたばかりの山道を、少年が駆《か》けのぼってきた。

「国王の兵が、悪魔退治《あくまたいじ》に来る。畑の収穫《しゅうかく》が遅《おく》れたのも、ため池が汚《よご》れているのも、薪《たきぎ》の量が少ないのも、ケンカしてケガ人が出たのも、すべて、おまえたちのさえずりが『悪魔《あくま》の歌声』だからだって」

ボクらは鳥だぞ。

「逃《に》げろ。隣国《りんごく》の姫《ひめ》は美しいものが好きだと聞く。ブナ林に囲まれた城《しろ》をめざせ」

ボクと妻《つま》は、少年が指さすほうへと飛び立った。

ブナ林と城《しろ》は、すぐに見つかった。レースのカーテンが揺《ゆ》れる窓辺《まどべ》に妻《つま》が降《お》り立《た》ち、さえずった。リュルリュルリュルルル。ボクも隣《となり》へ降《お》りる。トゥルトゥルトゥルル。

部屋の中には女性《じょせい》ばかり。その中でいちばん美しくよそおった人が、ささやいた。

「まぁ。天使の歌声」

きっとこの人が姫《ひめ》だ。ボクらは得意のデュエットを披露《ひろう》する。

トゥルトゥルトゥルー。

リュルリュルリュルー。

姫《ひめ》はうっとりほほ笑み、言った。

「おまえたちは、今日から、わたしの大切な友だち。『天使鳥《エンジェルバード》』と名づけましょう。このブナ林を自由に使っておくれ」

ボクらは、ただの鳥。ブナ林に巣をつくり五つの卵《たまご》をかえした。五羽のヒナはやがて巣立ち、翌年《よくとし》の春に、それぞれ伴侶《はんりょ》を見つけブナ林に戻《もど》ってきた。ボクらと合わせて六組の夫婦《ふうふ》がそれぞれ五個の卵《たまご》を産み、三十羽を巣立たせた。その鳥たちがまた翌年《よくとし》にはつがいとなって戻《もど》り、三十六組がそれぞれ五個の卵《たまご》をかえし百八十羽を巣立たせ……。

数年後には千羽を超《こ》える鳥が、ブナ林をねぐらにしていた。この国は「天使鳥《エンジェルバード》の楽園」として有名になり、ボクらの歌声を聞きたい旅人が次から次へと押《お》し寄《よ》せた。

ある日、にぎわう街を見にいった。ボクらは〈姫《ひめ》の友だち〉、捕《つか》まったり傷《きず》つけられたりする心配はない。宿屋の軒先《のきさき》にとまっていたら、ひとりの旅人がこちらに満面の笑顔を向けた。おや、この顔はどこかで……ああ、昔、樫《かし》の木《き》の森で出会った少年だ。逃《に》げろと知らせてくれた少年が、もう一人前の男だ。

鳥は、なつかしさに歌った。トゥルトゥルルルル。男はうっとり聞きほれてから、玄《げん》関先《かんさき》を掃除《そうじ》している宿のおかみに声をかけた。

「毎日、この歌声を聞けるなんて、本当にうらやましいよ。ええっ？　気づきもしなかったって？　さえずりに耳をかたむけようともしないなんて、そりゃあまた、どうして」

おかみは、ほうきを動かす手を止めず、答えた。

「そんなヒマ、ありゃしません。連日観光客が押《お》し寄《よ》せて宿の仕事だけでも目のまわる忙《いそが》しさ、その上に鳥のねぐらのブナ林の手入れ、大量の餌《えさ》の手配、ところかまわず落とされるフンの掃除《そうじ》……。ここだけの話、悪魔《あくま》ですよ、あのエンジェルバードとやらは」

だからぁ、ボクは、ただの鳥だってば。

住みたかった家

とある若夫婦《わかふうふ》が家を買った。念願のマイホームだ。

「夢《ゆめ》が叶《かな》ったわあ。汚《よご》さないように、大事に住んでいかなくちゃね」

「ああ、そうだね」

喜ぶ妻《つま》の顔を見ながら、夫はひそかにため息をついた。

実は夫と妻《つま》の家の好みは、初めからかなりちがっていた。

妻《つま》は、洋風のメルヘンチックな家が好きだ。レンガの壁《かべ》にレースのカーテン。おしゃれなカフェみたいな雰囲気《ふんいき》を夢《ゆめ》見ている。いっぽうの夫は古い家が好き。それも、木造《もくぞう》、築《ちく》数十年みたいな昭和レトロ。古い曇《くも》りガラスや、重厚《じゅうこう》な瓦屋根《かわらやね》にあこがれている。

話し合いのすえ、結局、新居《しんきょ》は妻《つま》好みの家となった。

（これがぼくの終《つい》のすみかか。やれやれ……）

しかたなくあきらめた夫だが、実は、その家に決めたのにはもうひとつ理由があった。斜《なな》め向かいに、たまらなく夫好みの古い一軒家《いっけんや》が建っているのだ。

「うわあ、この家、いいなあ」

住む家を見に来たというのに、夫の目はこっちの家のほうに釘《くぎ》づけだった。古い家なのに手入れが行《ゆ》き届《とど》いていて、ほれぼれする。

「目の保養《ほよう》だからな」

家を買って住んでからも、散歩の途中《とちゅう》でいちいち立ち止まっては見とれている夫に、妻《つま》はイラッとしていた。

「あんな古い家のどこがいいのよ」

妻《つま》はいつも、動かない飼《か》い犬《いぬ》のリードのように、夫の手を引《ひ》っ張《ぱ》らなければならなかった。

ある日曜日、夫は二階の窓《まど》から外を眺《なが》めた。やわらかな日差しが、斜《なな》め向《む》かいのあの家の瓦屋根《かわらやね》を照らしている。

「やっぱりいいなあ。ちょっと、目の保養《ほよう》をしてくるか」

幸い、妻《つま》は趣味《しゅみ》のパンづくりに夢中《むちゅう》だ。

「コーヒー切らしてるから、そこまで買いにいってくるわ」

何気ない調子で声をかける。

「あんまり遅《おそ》くならないでよ。ほら、今日はマイホーム祝いに友だちが来るんだから」

「わかってるって」

サンダルをつっかけて、夫は外に出た。

「しかし、どんな人が住んでるんだろうなあ。会ってみたいな」

あの家の前を通りかかった時だ。

家の中から、ジリリリーンと大きな電話のベルが鳴《な》り響《ひび》いている。

(これって、ひと昔前の黒電話の音か?　それとも、スマホの着信音?)

だが、音は妙《みょう》に生々しく、いっこうに止《や》む気配がない。

その時、カーテンの向こうに、ちらりと人の気配がした。

(なんだ、人がいるのか。でも、どうしてだれも出ないんだ。耳が遠いのか？　これじゃ近所迷惑《めいわく》だ。ぼくがひとこと言ってこよう)

夫はひそかに心がおどった。今思ったことは口実にすぎない。この家の中が見られるという誘惑《ゆうわく》に、ウズウズした。これはチャンスだ！　胸《むね》が高鳴る。

「よし、行くぞ」

夫は決心した。だが、かなりの音量であるにもかかわらず、道行く人がだれも気に留《と》めていないことには少しも気がつかなかった。

「おや？」

いつもはきっちり閉《し》まっている鉄の門が、今日は十センチほど開いている。ギーッと開けて敷地《しきち》の中に入ると、後ろでひとりでにガチャンと閉《し》まった。

苔《こけ》むした飛び石をたどり、ドアの前まで行くと、その横に貼《は》り紙があった。『使用人募集《ぼしゅう》』と書いてある。

（へえ、今時使用人なんて。とんでもないお金持ちか？）

古びた呼《よ》び鈴《りん》を鳴らしたが、だれも出てこない。真鍮《しんちゅう》のドアノブを握《にぎ》ると、まるでだれかが中から押《お》したように楽に開き、気がつくと、玄関《げんかん》のたたきに立っていた。

「なんてすてきな家なんだ！　想像《そうぞう》した通りだ」

中に入ると、古い家具も調度品も、すべてが好みだった。鳴り続ける黒電話は、居間《いま》の奥《おく》にあった。夫は受話器を取って耳に当てた。

「もしもし……」

『ヨクキタナ。マッテイタンダ』

ざらざらとした、昔の録音のような気味の悪い声だった。

その時、背後《はいご》で人の気配がした。ぎくっとして振《ふ》り向《む》いて、心臓《しんぞう》が飛び出しそうになった。そこには、初老の男女と、上品なワンピースを着た若《わか》い女性《じょせい》と、丸メガネの青白い顔の少年が立っていたのだ。

「すみません！　あの、電話が鳴り続けてたもんで……」

しどろもどろに説明したが、四人は表情《ひょうじょう》を変えなかった。むしろ、何かに怯《おび》えているようにおどおどして見えた。

家族のようだが、みんな妙《みょう》に他人行儀《たにんぎょうぎ》だ。着ている服はひと昔前のデザインで、まるで古いタンスから引《ひ》っ張《ば》り出《だ》してきたように色あせている。

「これでそろったわね。ま、あたしたち、どうせ出られやしないけど」

「『家』の機嫌《きげん》が良くなれば充分《じゅうぶん》さ。それに、われわれも少しは楽ができるだろうよ」

初老の男女はあきらめたように笑った。男は、棚《たな》の上の写真を指さした。

「この家には、昔この家族と猫《ねこ》と使用人が暮《く》らしていたんだ。幸せな日々だったが、あとを継《つ》ぐ者もなく、空家になった」

「……空家？」

「にぎやかだったころの毎日を、この『家』は忘《わす》れられないのだ。そして、この家に興《きょう》味《み》を持った者を惹《ひ》きつけ、こうして閉《と》じ込《こ》めてしまうんだよ。永遠《えいえん》に」

「バカな……じゃあ、あなたたちは？」

「赤の他人よ。あなたと同じくこの家にそそのかされ、『家族』として集められたの」

「そういうことだ。紅茶《こうちゃ》を入れてくれないか。そこのティーセットでね」

男が、いきなり高飛車《たかびしゃ》に命令した。

「なぜぼくが？」

「わからないのかね。きみは、使用人として雇《やと》われたのだよ。この家にね」

「この家の家族は、これで完璧《かんぺき》ってわけよ。それにあなたもずっと、この家に住みたかったんでしょ？」

「じょ、冗談《じょうだん》だろう」

夫は、恐《おそ》る恐《おそ》る部屋を見まわした。日の当たる揺《ゆ》り椅子《いす》には猫《ねこ》が寝《ね》ている。だが、近《ちか》寄《よ》ってみると……それは眠《ねむ》ったたままミイラになっていた。

「うわーっ」

悲鳴をあげて振《ふ》り向《む》くと、さっきの家族は全員、服を着たガイコツになって、テーブルを囲んでいる。

「な、なんだこれは。夢《ゆめ》を見てるのか？」

あっ、窓《まど》の外の道を、妻《つま》が歩いていく。買い物に行ったまま帰らない夫を探《さが》しているのだ。

「おーい！　ここだ！　おーい！」

声は届《とど》かない。古いカーテンからほこりが舞《ま》い上《あ》がった。

「さあ、使用人さん。今日から掃除《そうじ》はあなたがするのよ。ちゃんとしないと、家が怒《おこ》るわよ。それはそれは、怖《こわ》いんだから……」

そう言って、ワンピースのガイコツは、カタッと崩《くず》れた。

だまし合い

悪魔《あくま》は、人間を悪い方向へ導《みちび》こうとする。

そのことを知っているか、いないか。

悪魔《あくま》と出くわした際《さい》、その差は大きい。


悪魔《あくま》がいきなり目の前にすっと現《あらわ》れた時、私《わたし》はそれが幽霊《ゆうれい》でもなく、妖怪《ようかい》でもなく、悪魔《あくま》であるとすぐにわかった。

悪魔《あくま》は黒いスーツ姿《すがた》で、不気味な笑みを浮《う》かべていた。見た目は人間と変わらない。

もし、目の前の存在《そんざい》が幽霊《ゆうれい》ならば、恨《うら》めしそうな顔をしているだろうし、妖怪《ようかい》ならば、こちらをおどろかせようとしてくるだろう。

だが、その悪魔《あくま》はとても親切そうな表情《ひょうじょう》をつくり、私《わたし》に向かって言った。

「これから、ぼくがあなたをよい方向に導《みちび》いてあげましょう」

その言葉で、私《わたし》は目の前の存在《そんざい》が悪魔《あくま》であると確信《かくしん》したのだ。

悪魔《あくま》はこういう手法で人間たちを誘惑《ゆうわく》し、その指示《しじ》に従《したが》った人間は身を滅《ほろ》ぼしてしまうと聞いたことがある。

だが、目の前の悪魔《あくま》は運が悪かった。

誘惑《ゆうわく》の対象にした男、すなわち、私《わたし》は聡明《そうめい》だった。

相手が悪魔《あくま》だということを一瞬《いっしゅん》で見抜《みぬ》いたし、甘《あま》い誘惑《ゆうわく》にのってはいけないことも知っていた。私《わたし》のような頭のよい人間に当たってしまったことを後悔《こうかい》するがいい、と密《ひそ》かに心の中で笑う。

私《わたし》には考えがあった。このまま悪魔《あくま》にだまされているふりをして、指示《しじ》と真逆《まぎゃく》のことをするのだ。そうすれば、悪魔《あくま》の計画をすべてつぶすことができるだろう。

だから、私《わたし》は悪魔《あくま》にこう返事をした。

「言う通りにすれば、よいことが起きるんだね？　わかった。従《したが》おう」

すると、悪魔《あくま》は口角を気持ち悪いほど吊《つ》り上《あ》げて笑った。

「あなたはとても聡明《そうめい》な人ですね。ぜったいに幸せになれますよ」

「まずは、何をすればいいだろう？」

「そうですね。ここ数日の間は、たくさんごはんを食べると幸せになれますよ」

悪魔《あくま》の言葉の意味を深く考える。悪魔《あくま》は自分を不幸へ導《みちび》こうとしているのだ。悪魔《あくま》の言うことはすべて逆《ぎゃく》の意味で捉《とら》えるべきだ。

つまりこれから数日の間はたくさん食事をするとよくない、ということになる。もっと慎重《しんちょう》になるならば、ここは何も食べ物を口にしないというのが正解《せいかい》になるだろう。

数日の間、何も食べずにすごすのは大変だ。だがもしかしたら、これから口にする食事で食中毒になるのかもしれない。その危険《きけん》を回避《かいひ》できるのならば、やる意味はあるだろう。

「わかった。きみの言う通り、たくさん食事をしよう」

私《わたし》はとびきりの笑顔をつくると、心の中とは正反対の返事をした。

「では、また数日後に会いましょう」

悪魔《あくま》はそう言い残すと姿《すがた》を消した。私《わたし》は何も食べずに生活するこれから数日間のことを考えると、気が遠くなりそうだった。


数日後、食事をまったくとらず、水だけで生活してふらふらになった私《わたし》の前に、あの悪魔《あくま》が現《あらわ》れた。黒いスーツを着て、不気味なほどの笑みを浮《う》かべて。

「どうです？　幸せになれましたか？」

「ああ。おかげで最近は、仕事も生活もすごく調子がいいよ。きみのおかげだな」

そう答えた私《わたし》の意識《いしき》はぼんやりとしていて、立っているだけで精一杯《せいいっぱい》だった。

そんな私《わたし》の前で、悪魔《あくま》は唐突《とうとつ》に笑い声をあげた。とても高い、嫌《いや》らしい響《ひび》き。

私《わたし》は嫌悪感《けんおかん》のこもった視線《しせん》を悪魔《あくま》へと向ける。彼《かれ》は腹《はら》を抱《かか》えて笑っていた。何がそんなにおもしろいのか、私《わたし》にはまったく理解《りかい》できない。

悪魔《あくま》の笑い声は続く。鼓膜《こまく》を揺《ゆ》らすその声に耐《た》えきれず、私《わたし》は悪魔《あくま》に問いかけた。

「いったい、何がそんなにおもしろいんだ」

「ははははは。だって……だって、こんなにおもしろいことはないじゃないですか！」

悪魔《あくま》の顔がみにくく歪《ゆが》む。どうやらもう、外面を取《と》り繕《つくろ》うことはやめたようだった。濃厚《のうこう》な悪意に満ちた笑顔で、悪魔《あくま》は私《わたし》の顔をおかしそうに見る。そして、悪魔《あくま》はおぞましいひとことを口にした。

「あなた、ぼくが『悪魔《あくま》』だって知っていたでしょう？」

私《わたし》の瞳《ひとみ》が自然と大きく見開かれる。

どういうことだ。私《わたし》は目の前の悪魔《あくま》をうまく出《だ》し抜《ぬ》いていたはず。まさか、悪魔《あくま》はそのことに気づいていたというのか。

「ぼく、言いましたよね。たくさんごはんを食べると幸せになるって。それって、その言葉のままの意味だったんですよ。おいしい料理をたくさん食べれば、おなかがいっぱいになって幸せになるでしょう？　悪魔《あくま》は嘘《うそ》しかつかないなんて、だれが決めたんです？」

悪魔《あくま》の笑い声は止まらない。

そして、私《わたし》はようやく、目の前の存在《そんざい》が何を言いたいのかわかった。

「ぼくは幸せに暮《く》らすアドバイスをしてあげたのに。なのに、あなたは勝手に食事することをやめ、そんなふらふらになって、ぼくの前に現《あらわ》れた。こんなにおもしろいことはない！」

私《わたし》は結局、悪魔《あくま》にだまされてしまったのだ。私《わたし》が相手の正体に気づく賢《かしこ》い頭脳《ずのう》をもっていることを悪魔《あくま》は知っていた。

「ああ、そうそう。見ていましたよ、あなたが必死に食事を我慢《がまん》していたところ。空腹《くうふく》に耐《た》えるあの表情《ひょうじょう》、最高でした。最初から最後まで、本当に楽しませてもらいました」

今回の敗北の原因《げんいん》は、私《わたし》の頭がよすぎたことだ。悪魔《あくま》の正体になど気づかず、普通《ふつう》に従《したが》っていれば……。

「……」

不意に、悪魔《あくま》は笑うことをやめて、真顔で私《わたし》のことを見た。その表情《ひょうじょう》には侮蔑《ぶべつ》が滲《にじ》んでいた。

「あなたが今何を考えているのか、ぼくは理解《りかい》しているつもりです。その上で言わせてもらいますけど」

何を言われるのか予想がつかず、首をかしげる私《わたし》に向かって、悪魔《あくま》は吐《は》き捨《す》てるように言った。

「一番だましやすい人間っていうのは、こんな状況《じょうきょう》になっても、まだ自分のことを賢《かしこ》いと思っているバカなんですよ」

隣《となり》の席の悪魔《あくま》

隣《となり》の席の竹山《たけやま》がヤバいことになってるって気がついたのは、六月にはいってすぐのことだった。なんとヤツは、悪魔《あくま》になりかけていたんだ。

ほら、マンガや映画《えいが》なんかで見たことあるだろ？　コウモリみたいな黒い翼《つばさ》とヤギみたいに渦巻《うずま》いた角。鋭《するど》くとがった尻尾《しっぽ》。耳まで裂《さ》けた口と地獄《じごく》の炎《ほのお》のような目をして、人間を恐怖《きょうふ》に陥《おとしい》れる恐《おそ》ろしい存在《そんざい》。その悪魔《あくま》に、だ。

悪魔《あくま》の姿形《すがたかたち》はいろいろだろうって？　グロテスクなモンスターの姿《すがた》じゃなくて、優《やさ》しげなイケメンが悪魔《あくま》って設定《せってい》の映画《えいが》を見たって？　うーん。そんなこともあるかもな。

とりあえず、オーソドックスな悪魔《あくま》をイメージしてほしい。話がすすまないからさ。

ともかく、竹山《たけやま》は、悪魔《あくま》になんかなるようなヤツじゃなかった。

クラスにひとりくらいはいるだろ？　真面目《まじめ》なくせに要領《ようりょう》が悪くて、まわりから「あーあ」って思われるヤツ。いじめみたいなからかわれ方をされても「えへへ」と困《こま》ったように笑うだけ。友だちはいなくて、教室の後ろで育てているメダカが宝物《たからもの》の、優《やさ》しくておとなしくて気の弱い中学二年生。それが竹山佑《たけやまゆう》なんだ。

まあ、一番おどろいていたのは竹山《たけやま》本人だろう。自分が悪魔《あくま》になりかけてる、なんて。

放課後、教室に忘《わす》れ物《もの》を取りに戻《もど》った俺《おれ》は、偶然《ぐうぜん》、ズブ濡《ぬ》れの制服《せいふく》を脱《ぬ》いでいる竹山《たけやま》を見つけた。髪《かみ》からはしずくがたれている。まるで、池にでも落ちたように見えた。

帰《かえ》り際《ぎわ》、同じクラスの井部《いべ》たちが、笑いながら竹山《たけやま》を取り囲んで渡《わた》り廊下《ろうか》を歩いていったのを思い出した。その先にはプールがある。

制服《せいふく》のまま飛《と》び込《こ》みたいヤツなんてそういないだろうし、井部《いべ》とその仲間は教師《きょうし》も手を焼いているやっかいな不良たちだ。竹山《たけやま》の身に起きたことは、かんたんに想像《そうぞう》できる。

俺《おれ》はちょっと迷《まよ》ったが、そっと教室を出ることにした。自分が竹山《たけやま》の立場だったらこんな時、見ないふりをしてほしいからさ。なんていうか、男のプライドってあるだろ？

だけど、竹山《たけやま》は、俺《おれ》の気配に気がついて振《ふ》り向《む》いた。「お、お、岡崎《おかざき》くん！」

ズボンを脱《ぬ》ぎかけたままあわてて背中《せなか》を隠《かく》そうとし、床《ゆか》にひっくり返る。

「わりぃ。竹山《たけやま》。見るつもりじゃなかったんだけどさ」

俺《おれ》は、転んだままの竹山《たけやま》に、手を差《さ》し伸《の》べて引き起こした。きゃしゃで軽い体だ。

「てか、それ、本物かよ？」

思《おも》わず、俺《おれ》は聞《き》いた。竹山《たけやま》の肩甲骨《けんこうこつ》の真ん中あたりにコウモリの翼《つばさ》みたいなものがちょこんとついていたんだ。大きさは鳩《はと》の羽程度《ていど》か、それより少し小さいくらい。

「本物だよ。さわってもいいよ」

俺《おれ》が興味《きょうみ》をもっていることに気づいたらしい竹山《たけやま》が、あきらめたようにそう言った。

背中《せなか》の翼《つばさ》を軽く引《ひ》っ張《ぱ》ってみると、伸縮性《しんしゅくせい》のある黒い被膜《ひまく》が広がる。

「気がついたのは三週間くらい前なんだ。背中《せなか》がむずがゆいなと思って、お風呂《ふろ》に入った時に鏡でたしかめてみたら、生《は》えてたんだよね。ほら、ここにも」

竹山《たけやま》は濡《ぬ》れた頭を下げて俺《おれ》に見せた。てっぺんに左右離《はな》れてふたつ、一センチほどの、まだやわらかそうな突起《とっき》がある。竹山《たけやま》が情《なさ》けなさそうな声で聞いた。

「これ、角だと思う?」

「そんな感じだな」

「だよね。お尻《しり》にも尻尾《しっぽ》が」竹山《たけやま》は手で尻《しり》を押《お》さえ、上目遣《うわめづか》いで俺《おれ》に尋《たず》ねた。「見る?」

「遠慮《えんりょ》しとくよ」俺《おれ》はあわてて言った。「それより、このこと、親は知ってんのかよ?」

「ううん。心配させたくなくて」竹山《たけやま》がしょんぼりとうつむいた。

「担任《たんにん》には……」相談したのかと聞きかけて、俺《おれ》はそのまま口をつぐんだ。こんな一大事を相談できるくらいなら、たぶん竹山《たけやま》は井部《いべ》たちにプールに突《つ》き落《お》とされていない。

「病院に行こうかとも思ったんだけど……。だれかに知られたら、僕《ぼく》、もう、普通《ふつう》の中学生じゃいられない気がして。悪魔《あくま》になりかけてるって思われるかもしれないでしょ?」

「まぁ……。かもな」

俺《おれ》は竹山《たけやま》にちょっと同情《どうじょう》した。イマドキの中学生は、人とちょっとでもちがうところがあると生きづらい。まして、これほど大きなちがいがあるとなったら。

「日によって大きさがちがうから、様子を見ようと思って。今はちょっと大きいみたい」

竹山《たけやま》は自分の頭の角を確認《かくにん》するように手でさわると、気弱な表情《ひょうじょう》で俺《おれ》を見た。

「岡崎《おかざき》くん……。できればこのこと、みんなには内緒《ないしょ》にしてもらえないかな……」

「オッケー。言わねえよ。安心しろ」

「ありがとう。岡崎《おかざき》くん」

ぜったいに口外しないことを約束して、その日は途中《とちゅう》まで一緒《いっしょ》に帰った。

竹山《たけやま》は、水の入った小さいプラケースを、大切そうに抱《かか》えている。体調が悪いメダカを家に持ち帰り、面倒《めんどう》を見るらしい。もとはといえば、だれかが教室に持ってきて放置していたメダカだ。竹山《たけやま》が世話を始めてから、メダカは元気になって数も増《ふ》えていた。

交差点で別れる時、俺《おれ》は竹山《たけやま》に言った。

「あのさ。おまえ、井部《いべ》たちのこと、我慢《がまん》しすぎなんじゃね？　ずっとヤツらにしつこくいじめられてんじゃん。本当は悔《くや》しいから、黒い翼《つばさ》や尻尾《しっぽ》が生《は》えてきたんじゃないのか？」

図星だったのか、竹山《たけやま》はしばらく黙《だま》っていた。やがて、ぽつりと答える。

「井部《いべ》くんたちがあんなふうなのは、きっと何か原因《げんいん》があるんだよ。ほかの強いだれかにひどく傷《きず》つけられて、別のだれかに八つ当たりしたくなっているのかも」

自分をいじめた相手をかばう竹山《たけやま》に、俺《おれ》は少しイラついて言った。

「たとえ井部《いべ》たちになんか事情《じじょう》があっても、おまえが我慢《がまん》することねーだろ。あいつら、自分より弱いのがわかっててておまえをいじめる、ひきょう者なんだから」

「うん……。でも、僕《ぼく》は井部《いべ》くんたちにどうやったって勝てないよ。そんな僕《ぼく》がもしだれかに悔《くや》しさをぶつけるとしたら、それはやっぱり僕《ぼく》より弱い相手ってことになる」

竹山《たけやま》はそう言って顔を上げ、真剣《しんけん》な表情《ひょうじょう》で俺《おれ》を見た。

「僕《ぼく》はだれもいじめたくないんだよ。だから、いじめの連鎖《れんさ》は僕《ぼく》で終わりにする」

黙《だま》っている俺《おれ》を気遣《きづか》うように、竹山《たけやま》がにっこりと笑った。

「今日はありがとう、岡崎《おかざき》くん。僕《ぼく》が悪魔《あくま》になりかけているのを知っても、こんなふうに普通《ふつう》に話してくれて。一緒《いっしょ》に帰れて楽しかった。じゃあ、ここでね。明日また学校で」

竹山《たけやま》が俺《おれ》に手を振《ふ》って帰っていく。俺《おれ》も、つられて手を振《ふ》りかけた。隣《となり》の席にいても、ほとんど話したことがなかった竹山《たけやま》。今まで、気にも留《と》めていなかったのに――。

それから、俺《おれ》は学校で竹山《たけやま》とすごすことがなんとなく多くなった。昼休みとか、教室移動《いどう》の時とか。放課後は、メダカについての知識《ちしき》を聞いたりもする。本をたくさん読む竹山《たけやま》の話はおどろくほどおもしろかったし、俺《おれ》と話す竹山《たけやま》は、いつもうれしそうだった。

もうすぐ夏休みというころ。放課後の教室で、水槽《すいそう》をのぞき込《こ》みながら俺《おれ》は言った。

「なんか、メダカの顔の区別がつくようになってきた」

「メダカも岡崎《おかざき》くんのことがわかってるよ。ほら、寄《よ》ってくるでしょ?」

竹山《たけやま》はニコニコと笑いながら俺《おれ》を見た。それから、声を潜《ひそ》めて言う。

「岡崎《おかざき》くん。僕《ぼく》、背中《せなか》の翼《つばさ》がすごく小さくなったんだ。角もほら。ほとんど消えた」

俺《おれ》に頭を見せる。一か月半前にはたしかにあった角が、ほとんどなくなっていた。

「尻尾《しっぽ》ももう、ちょっぴりしか出ていないんだよ。見る?」

「だから、見ねーっつってんじゃん」

ふたりで顔を見合わせて吹《ふ》き出《だ》したその時、突然《とつぜん》ガラスが割《わ》れる衝撃音《しょうげきおん》がした。教室の床《ゆか》にザァッと水が飛び散る。棚《たな》の上に置いてあった水槽《すいそう》が、粉々に砕《くだ》けていた。

「あっ！　メダカが！」

竹山《たけやま》が悲痛《ひつう》な声をあげた。井部《いべ》がバットを持ったまま、ニヤニヤして立っている。

「わりぃ、つい手が滑《すべ》って水槽《すいそう》にあたったんだよ」

仲間のふたりも一緒《いっしょ》になって、あわてふためく竹山《たけやま》を笑っている。床《ゆか》にひざまずき、水を求めてピチピチと跳《は》ねているメダカを、必死で助けようとする竹山《たけやま》。

俺《おれ》は井部《いべ》をにらみつけた。強い怒《いか》りが込《こ》み上《あ》げる。

「この最低のクズ野郎《やろう》。そこまでして竹山《たけやま》にかまってほしいのか」

井部《いべ》につかみかかろうとした俺《おれ》を、竹山《たけやま》が必死に止めた。

「ダメだよ、岡崎《おかざき》くん。暴力《ぼうりょく》はダメだ」

「生意気言うな！　竹山《たけやま》のくせに！　岡崎《おかざき》も前から気に入らなかったんだよ！」

怒《いか》り狂《くる》った井部《いべ》たちから守るように、竹山《たけやま》が俺《おれ》を後ろ手にかばった。

「岡崎《おかざき》くんにこれ以上近づくな！　大変なことになるぞ。ぼ、僕《ぼく》は、悪魔《あくま》なんだから！」

「はぁ？　だれが？　おまえが悪魔《あくま》？」

腹《はら》を抱《かか》えてゲラゲラと笑った井部《いべ》たちが「思い知らせてやる」と、バットを持ったまま、つめよりかけたその時だ。ガランとした教室に恐《おそ》ろしい獣《けもの》のようなうなり声が響《ひび》いた。バサリと大きな羽音《はおと》がし、闇《やみ》のように黒い影《かげ》があたりを包む。

井部《いべ》たちの足が、その場でピタリと止まった。その表情《ひょうじょう》は、恐怖《きょうふ》で凍《こお》りついている。飛び出るほどに見開かれた目。腰《こし》を抜《ぬ》かした井部《いべ》が、ガチガチと歯を鳴らして言った。

「うわぁぁ！　あ……あ……悪魔《あくま》だ……！」

三人が悲鳴をあげて教室から逃《に》げ出《だ》したあと、竹山《たけやま》が弱々しく笑った。

「岡崎《おかざき》くんにケガがなくてよかった。悪魔《あくま》もこんな時は、ちょっとは役に立つね……」

よほど緊張《きんちょう》していたのか、竹山《たけやま》はそのまま気を失って倒《たお》れてしまった。

「……あいつらから俺《おれ》をかばおうとするなんて」

俺《おれ》は床《ゆか》に横たわる竹山《たけやま》を、おどろいて見つめた。彼《かれ》の勇気ある行動に感心したからだ。

あのまま悪魔《あくま》になってもおかしくなかった竹山《たけやま》。だが、その体に、悪魔《あくま》のしるしは見当たらない。あれだけ追《お》い詰《つ》められても、彼《かれ》は本物の悪魔《あくま》にならなかったんだ。友を守るために勇気を振《ふ》り絞《しぼ》った竹山《たけやま》が、黒い翼《つばさ》に悩《なや》まされることは、二度とないだろう。

じゃあ、井部《いべ》たちが見た悪魔《あくま》はだれだったのかって？

俺《おれ》を見たのさ。俺《おれ》が本物の悪魔《あくま》だったんだ。ああ、これは内緒《ないしょ》にしてくれよな。

俺《おれ》は井部《いべ》たちを威嚇《いかく》するために、竹山《たけやま》の後ろで広げた大きな黒い翼《つばさ》をたたむと、床《ゆか》に散らばった水槽《すいそう》とメダカを一瞬《いっしゅん》で元に戻《もど》した。たしかに、悪魔《あくま》もちょっとは役に立つ。

人間は、弱いようで強いらしい。俺《おれ》が想像《そうぞう》していたよりも、ずっと興味《きょうみ》深い生き物だ。

このままもう少し、人間界で暮《く》らしてみてもいいかもな——。

俺《おれ》は気絶《きぜつ》したままの竹山《たけやま》をそっと揺《ゆ》すり、耳元でささやいた。

「ほら、起きろよ、竹山《たけやま》。一緒《いっしょ》にメダカの世話をしようぜ」

夢屋《ゆめや》

私《わたし》は、虎山経理《とらやまけいり》部長。

月曜の朝。通勤路《つうきんろ》に新しい店がオープンしていた。看板《かんばん》は、明るいパステルカラーの渦巻《うずま》きを背景《はいけい》に、紫色《むらさきいろ》の文字で〈夢屋《ゆめや》〉。

むむ、これは、いわゆるメルヘン系《けい》か？　しかし何の店だか、さっぱりわからんぞ。もっと的確《てきかく》に伝える店《みせ》がまえを考えるべきだ。

頭の中で批判《ひはん》しながら歩調をゆるめ、さりげなく店内に目をやる。店内にはこれまたピンクや黄色、明るい色の短冊《たんざく》がペタペタと貼《は》ってある。

〈きみはヒーロー、世界を救え〉〈いやされモフモフ〉〈きゅんきゅん♡しよ？〉

ますます、わからん。子ども向けか、それとも高校生あたりをねらっているのか？

だが、ここはビジネス街だぞ。これは、早々《そうそう》につぶれるな。

そう結論《けつろん》づけて通りすぎようとしたとき、店内の女性《じょせい》ふたり連れが目に入った。む、あれは、わが社の女子社員じゃないか。出勤前《しゅっきんまえ》の寄《よ》り道《みち》は感心せんな。仕事に向けるべきエネルギーが減《へ》る。早く来たなら、仕事に向かう準備《じゅんび》でもすればいいものを。

前に向き直り、足を速め、いつもと同じ始業三十分前に会社に着いた。〈虎山物産《とらやまぶっさん》〉は私《わたし》の祖父《そふ》が創立《そうりつ》、父が現《げん》社長、そしてこの私《わたし》が会社の財布《さいふ》を預《あず》かる経理《けいり》部長を任《まか》されているというわけだ。

「虎山《とらやま》部長、おはようございます」

十名いる部下の大半はもう出社して、仕事に向かう準備《じゅんび》を整えつつある。私《わたし》の指導《しどう》のたまものだ。と、言いたいところだが、

「夢玉《ゆめだま》、買っちゃった！」

始業十分前に、寄《よ》り道《みち》女子ふたりが騒《さわ》がしく入ってきて、ぶち壊《こわ》した。

「お！　昼休みに行こうと思ってたのに、先越《さきこ》された」

「いくらぐらいだった？」

「安くて五百円、オプションつきや、オーダーメイドで、数万円のもありましたよ」

騒《さわ》がしいのは腹立《はらだ》たしいが、どういう商品を扱《あつか》っているのかは気になる。私《わたし》は、

「いったいなんのことだ」

と、苦々《にがにが》しい表情《ひょうじょう》で女子社員を見る。

「夢調合飴《ゆめあめ》です。〈飴玉《あめだま》ひとつ、夢《ゆめ》ひとつ〉ってコマーシャル、知りませんか」

なるほどあれか。ビジネス雑誌《ざっし》で紹介《しょうかい》していたな。

「飴玉《あめだま》で、好みの夢《ゆめ》を見られるというやつだな」

渋《しぶ》い表情《ひょうじょう》を崩《くず》さないままそう言えば、すかさず課長が合いの手をうつ。

「さすが、部長。よくご存《ぞん》じで」

「自己暗示《じこあんじ》を利用した子どもだましの商品だ。いい大人《おとな》が振《ふ》りまわされてどうする。現《げん》実《じつ》と向き合いたまえ。そしてきみらの現実《げんじつ》は、今からはじめる仕事だ」

そこで始業チャイムが鳴った。もっと説教してやりたいがしかたない。仕事第一だ。

「きみ、コーヒーをいれてくれたまえ。ミルクなし、砂糖《さとう》はスプーン一杯《いっぱい》」

そう締《し》めくくった。女子社員の不満顔に「自分でやれば?」と書いてあるようだし、実際《じっさい》そんな言葉を聞いたこともあるが、無視《むし》する。部長が自《みずか》らコーヒーをいれるなんて、みっともない。部長には貫禄《かんろく》が必要なのだ。

その日の午後、夢玉《ゆめだま》を買ったと騒《さわ》いだ女子社員が、集計をまちがえた。そら見たことか。みなの前でしっかり叱《しか》ってやった。

「出社前に寄《よ》り道《みち》なんぞするから、仕事にミスが出る。社会人としての自覚と責任《せきにん》をもちたまえ。まわりが迷惑《めいわく》する。会社はきみのミスに給料を出しているわけではない」

私《わたし》は経理《けいり》部長。会社の不利益《ふりえき》を見逃《みのが》すわけにはいかないのだ。集計は、残業でやり直させた。女子社員のデートの約束なんぞ、知ったことではない。

翌朝《よくあさ》。いつも通り、始業三十分前に会社に入る。部下が全員、出社していた。しかも席に着くや、昨日《きのう》叱《しか》った女子社員がコーヒーを運んできた。

「おはようございます。虎山《とらやま》部長」

「うむ、おはよう」

昨日《きのう》の説教が効《き》いたようだ。私《わたし》は満足し、コーヒーを口に運ぶ。うむ、うまい。

〈夢屋《ゆめや》〉の前で歩調をゆるめるのが習慣《しゅうかん》になった。日々変わらぬ出勤《しゅっきん》風景の中、この店だけが変化している。パステル調だった看板《かんばん》は濁《にご》り、店内の短冊《たんざく》も色あせ白っぽくなっている。オープンしてまだ日も浅いのに、妙《みょう》な店だ。

ある朝、泥色《どろいろ》になった看板《かんばん》を見上げ、足が止まった。黒文字で〈悪夢屋《あくむや》〉とある。不《ふ》吉《きつ》だ。店内には、白地に墨字《すみじ》の、お札のような短冊《たんざく》が貼《は》られている。

〈見切り玉　五百円〉〈並玉《なみだま》　千円〉〈上玉　二千円〉〈オプション　各千円〉

〈オーダーメイド　三万円～〉

「いらっしゃいませ」

突然《とつぜん》声をかけられ、ぎくりとした。いつのまにか、男が目の前に立っていた。

「い、いや、通勤途中《つうきんとちゅう》だ。客ではない……のだが」

「店主でございます。お尋《たず》ねになりたいことがあるのでは、と思いまして」

そういうことなら、せっかくだ、聞いてみよう。

「うむ。悪夢《あくむ》の飴玉《あめだま》なんぞ、買うやつがいるのかね」

「結構《けっこう》、需要《じゅよう》がございまして」

と、店主がひかえめに笑う。

「たとえば、憎《にく》い上司に〈覚めぬ夢《ゆめ》〉。部下にコーヒーをいれさせる上司なら、砂糖《さとう》代わりに夢玉《ゆめだま》を溶《と》かすだけ」

実は最近、出勤《しゅっきん》風景ばかりをくり返し、会社にたどり着けないでいた。まるで悪夢《あくむ》だとあせっていたのだが……。まさにその通りだったわけだ。そうか、ここは覚めぬ夢《ゆめ》の中か……。私《わたし》は店内の短冊《たんざく》に目を泳がせる。

「部下は、いくらの夢《ゆめ》を、買ったのかね」

せめて、経理《けいり》部長にふさわしく、オーダーメイドであってくれ。

店主は、同情《どうじょう》の笑みを浮《う》かべただけであった。

悪霊《あくりょう》レンタルサービス

ある日の夕方。

高校から帰ってきた亮太《りょうた》は、黒ずくめの男が玄関《げんかん》でドアホンを押《お》しているのを見つけた。男はつばのある黒い帽子《ぼうし》と黒いスーツを身に着け、手には黒いカバンを持っている。

(だれだよ、このおっさん……)

亮太《りょうた》の気配に気がついたのか、男がパッと振《ふ》り向《む》いた。

「おお、こちらのお宅《たく》の息子さんですか？　私《わたくし》、訪問販売《ほうもんはんばい》のものでして」

丸い顔にわざとらしい笑顔を浮《う》かべた、小太りの中年男だ。左右の先が跳《は》ね上《あ》がった黒いひげがいかにもあやしい。

「今、家にだれもいないし、何も買うつもりはないです」

亮太《りょうた》がそっけなくあしらって家に入ろうとすると、男があわてたように言った。

「待ってください。たしかに訪問販売《ほうもんはんばい》ですが、普通《ふつう》の訪問販売《ほうもんはんばい》じゃありません。物を売りたいわけじゃないんです。悪霊《あくりょう》レンタルのご案内に伺《うかが》いました」

思わず聞き返す。「は？ なんのレンタル？」

「あ・く・りょ・うのレンタルサービスです。恐《おそ》ろしい悪霊《あくりょう》を、破格《はかく》のお値段《ねだん》でお貸《か》ししたいと思いまして。よろしければ話を聞いていただけませんか」

亮太《りょうた》は男をマジマジと見た。相当にイカレた脳《のう》みそをもっているらしい。

「いいっす。無宗教《むしゅうきょう》なんで」

さわらぬ神にたたりなしだ。

さっさと家の中に入ろうと、ポケットの中の鍵《かぎ》を探《さが》したが、今日に限《かぎ》って見つからない。部室のロッカーに置《お》き忘《わす》れてきたらしかった。学校へ引き返そうかと思ったが、男はいつのまにか亮太《りょうた》の背後《はいご》に立っている。

逃《に》げ道《みち》をふさがれ、亮太《りょうた》はあせって言った。

「えっと。俺《おれ》、お参りもおみくじも面倒《めんどう》くさいタイプで」

「それは幸運でした。私《わたくし》どもの取《と》り扱《あつか》う商品は、信心深くない方ほど効果《こうか》がございます」

これ以上、このおかしな男を刺激《しげき》するのも怖《こわ》いので、話を聞きつつ、逃《に》げるチャンスをうかがうことにした。

「じゃあ、とりあえず、説明を聞いてみようかな……」

「わが社の商品に興味《きょうみ》をもっていただけたようですな。実に、幸先《さいさき》がいい。経営《けいえい》の多角化にあたり、新しいサービスの提供《ていきょう》をはじめたばかりなんですよ。先にはじめた守護霊《しゅごれい》のレンタルサービスは、おかげさまで大盛況《だいせいきょう》でしてね。レンタル料の値上《ねあ》がりで一般《いっぱん》のお客さまには手が届《とど》かなくなってしまいまして。そんな守護霊《しゅごれい》の代わりに、お値段《ねだん》も手ごろな悪霊《あくりょう》をお貸《か》ししようということになったわけなんです」

「あ。そういや、『守護霊《しゅごれい》レンタルサービス』って、ネットの噂《うわさ》で見かけたな」

「秘密厳守《ひみつげんしゅ》なのですが、つい口を滑《すべ》らせるのが人間というものですな」

急に興味《きょうみ》がわいてきて、亮太《りょうた》は男のほうへ身を乗り出した。「それで？」

「実は、人間界と同じく、悪霊《あくりょう》界にも不況《ふきょう》の波が押《お》し寄《よ》せておりまして。増《ふ》えすぎた悪《あく》霊《りょう》が、仕事にあぶれているんですよ。そこで、アルバイト希望の悪霊《あくりょう》を集め、実績《じっせき》あるわが社が顧客募集《こきゃくぼしゅう》の委託業務《いたくぎょうむ》を執《と》り行《おこな》うことになったわけです」

男は黒いカバンの中からカタログを出し、亮太《りょうた》に見せながら言った。

「これがレンタルできる悪霊《あくりょう》の一覧《いちらん》です。連続殺人鬼《れんぞくさつじんき》、放火魔《ほうかま》、独裁者《どくさいしゃ》など身の毛もよだつ悪霊《あくりょう》を、世界中から豊富に取りそろえておりますよ。悪霊《あくりょう》は速《すみ》やかにお客さまに取《と》り憑《つ》き、恐《おそ》ろしい力を発揮《はっき》して欲望《よくぼう》を叶《かな》えます」

カタログには、恐《おそ》ろしい形相《ぎょうそう》の悪霊《あくりょう》たちがピースする写真が載《の》っている。

「や、やっぱ、いいっす！　悪霊《あくりょう》に取《と》り憑《つ》かれてまで叶《かな》えたいことなんてないし！」

「ほう。そうですか。残念ですな。ではまた次の機会にでも。失礼いたしました」

男は帽子《ぼうし》を取って会釈《えしゃく》し、意外にもあっさりと立ち去りかけた。あまりにもかんたんに引き下がられると、かえって心がグラリと揺《ゆ》れる。

「あー。でも、ちょっとだけお試しとかできるなら、やってみてもいいかな」

亮太《りょうた》が声をかけたとたん、男が待《ま》ちかまえていたように振《ふ》り向《む》いて笑顔を見せた。

「もちろんですよ。最短三分からお貸《か》しできます」

亮太《りょうた》が肩《かた》から下げた陸上部のスポーツバッグをチラリと見て、男が言った。

「最適《さいてき》な悪霊《あくりょう》をお選びいたしますよ。お客さまのご予算はいかほどですか？」


翌日《よくじつ》。

市営《しえい》の陸上競技場《きょうぎじょう》では、男子百メートルの決勝が行《おこな》われようとしていた。亮太《りょうた》を含《ふく》む七人の選手がそれぞれスタートラインの内側で、スタートの合図を待っている。

亮太《りょうた》は手に持った黒いハチマキを見下ろし、バカバカしさにため息をついた。

「こんなもの巻《ま》いたところで、どうなるっていうんだよ。ぜったいボラれてるし」

男のセールストークにまんまと引っかかり、今月のバイト代の残り二千四百五十円を、すべてはたいてしまったのだ。

亮太《りょうた》の悩《なや》みは、足が遅《おそ》くはないものの、特別速いわけでもないということだった。地区大会では毎回安定の六位という微妙《びみょう》な成績《せいせき》。

一度でいいから優勝《ゆうしょう》したいと希望したのだが、元有名陸上選手の悪霊《あくりょう》は、三分でも高額《こうがく》すぎて手が出せず。借りることができたのはカタログ外の悪霊《あくりょう》。

「まぁ、ダメ元で試してみるか……」

あきらめ半分で黒いハチマキを巻《ま》く。すると、おどろいたことに、たちまち変化が起こった。亮太《りょうた》の中に、恐《おそ》ろしいほどの自信と闘志《とうし》がみなぎってきたのである。

「選手、位置について。用意」

スターターの合図で、両手と片膝《かたひざ》を地面につく。

亮太《りょうた》はクラウチングスタートの姿勢《しせい》で、まっすぐに前を見据《みす》えた。

興奮《こうふん》で頭に血が上り、体が燃《も》えるように熱い。もう、走ることしか頭になかった。

「やれる……！　俺《おれ》は優勝《ゆうしょう》できる！」

静まり返った競技場《きょうぎじょう》に、パーンとピストルの音が響《ひび》き渡《わた》る。

亮太《りょうた》は強く地面を蹴《け》って飛び出した。とたんに、観客が大きくどよめく。

「速い！　あの選手はだれだ？」

「し、信じられん。高校どころか、オリンピック記録も塗《ぬ》り替《か》えるぞ！」

ほかの選手を一瞬《いっしゅん》で引《ひ》き離《はな》して走る亮太《りょうた》に、競技場《きょうぎじょう》は騒然《そうぜん》となった。

「本当に、ものすごい記録だ……！　……正しく走ってさえいれば」

四つんばいのまま、猛烈《もうれつ》な勢《いきお》いでゴールを駆《か》け抜《ぬ》けて行った亮太《りょうた》の後ろ姿《すがた》を見ながら、判定員《はんていいん》は呆《あき》れたようにつぶやいた。

「どこまで走っていくつもりだろう。彼《かれ》は暴《あば》れイノシシにでも取《と》り憑《つ》かれたにちがいない」

ねんど人形

「美咲《みさき》は目が大きくて、いいなあ。涼美《すずみ》は脚《あし》が細くてモデルみたい」

亜湖《あこ》は、中学二年生。いつも、友だちのことをうらやましがってばかりいる。

「ママったら、どうしてあたしをこんな体型に産んだのよ。目は一重《ひとえ》だし、脚《あし》だって太くてさ。これってママの血だよね」

「何言ってるの。亜湖《あこ》はじゅうぶんかわいいわ」

ママの言葉に、亜湖《あこ》はそっぽを向いた。

ある日のこと。小学生の妹の瑠々《るる》が、ねんど遊びをしていた。

「お姉ちゃんも何かつくってみてよ」

気乗りのしないまま遊びはじめたが、やってみると楽しい。カラフルなねんどを丸めたり伸《の》ばしたりして、亜湖《あこ》はミニスカートの女の子を、瑠々《るる》は、コロンとした形がかわいい、愛きょうのあるお人形をつくった。

「お姉ちゃん、上手ー。それ、だあれ？」

「ふふ、あたしだよ」

亜湖《あこ》は、自分の願望を形にしていたのだ。すると、瑠々《るる》は大きな声で笑った。

「あははは、全然似《に》てなーい。瑠々《るる》のつくったほうがお姉ちゃんにそっくりだよ！」

亜湖《あこ》の頭に、カーッと血がのぼった。

「どこが似《に》てんのよ！」

亜湖《あこ》は瑠々《るる》の髪《かみ》を引《ひ》っ張《ぱ》り、瑠々《るる》のねんどの人形を、ぎゅうっとつぶしてしまった。

「ひどいよ、お姉ちゃんのいじわる！」

瑠々《るる》は、びっくりするほど大声で泣き出した。ママが飛んできた。

「いったいどうしたの？」

「だって、瑠々《るる》ったら、あたしのこと太ってるって。目も小《ち》っちゃくて、かわいくないって」

「うそ。そんなこと言ってないじゃん！」

「瑠々《るる》なんかに何がわかるのよ！」

亜湖《あこ》は瑠々《るる》を突《つ》き飛《と》ばした。

「亜湖《あこ》、いいかげんにしなさい！」

「ママもうるさい。みんな大嫌《だいきら》い！」

亜湖《あこ》は、自分の部屋に駆《か》け込《こ》むと、大きな音でドアを閉《し》めた。

「だれも、あたしの気持ちなんかわからない。わかるもんか！」

亜湖《あこ》は、机《つくえ》に突《つ》っ伏《ぷ》して泣いた。

さんざん泣いているうちに、いつのまにか眠《ねむ》っていたらしい。ふと目を覚ますと、スタンドの明かりだけがついていた。

突《つ》っ伏《ぷ》していた学習机《がくしゅうづくえ》の上に、さっきつくったミニスカートのねんど人形が座《すわ》っている。瑠々《るる》の人形を壊《こわ》した時に、いっしょにひしゃげたままの形だ。

「こんなとこに持ってきたの、だれ？　もしかして、ママ？」

その時だ。目の前の人形が、突然《とつぜん》こう言ったのだ。

『ねえ、亜湖《あこ》。あたしがあなたの願い通りにしてあげる』

「きゃーっ！　ねんどが……しゃべった……」

『さあ、まず、あたしの脚《あし》を細く長くしてごらん』

ねんど人形は、座《すわ》ったまま、のたのたと亜湖《あこ》のほうにはってきて、こう言った。

「脚《あし》を？　どうして？」

『じれったいわね。いいから、早く！』

人形がイライラしたように言った。亜湖《あこ》は、恐《おそ》る恐《おそ》るねんど人形を手に取ると、机《つくえ》の上に寝《ね》かせて、脚《あし》を細く長くした。

『よくできたわ。さあ、立ってごらんなさい』

言われた通りに立ち上がると、かかとの高いくつでもはいているような感じがして、亜湖《あこ》は思わずよろけた。

「あれっ？」

背《せ》が高くなったみたいな気がする。でも、どうして？

『ほら、そこの鏡で全身を見てごらん』

亜湖《あこ》は目を疑《うたが》った。鏡の中の亜湖《あこ》の脚《あし》は、スラリと長く、まるでモデルの脚《あし》のように細くなっていたのだ。

『どう？　気に入った？』

「これがほんとに、あたし？」

『びっくりするのは、まだ早いわ。さあ、次はウエストよ』

人形は、今度は自分のウエストを細くするように言った。

「い、いいの？」

『いいから、やってごらん』

ねんど人形を直し、また鏡の前に立つと……。

「わあー」

自分がまるで別人のようだった。細く長い脚《あし》に、きゅっと締《し》まったウエスト。でも、どこか不自然だ。

「腕《うで》ももっと細く長くしないと、バランスが悪いわ」

『どうぞどうぞ、遠慮《えんりょ》なんていらないから、やってみて』

ねんど人形がウインクした。

亜湖《あこ》は、鏡の前で自分に見とれた。こんな体型にあこがれていたのだ。でも、肝心《かんじん》なところが直ってない。そうだ……。

「顔も……直せる?」

『あったり前じゃん! いいから、好きなようにやってみな』

亜湖《あこ》はまず、ねんど人形の鼻をつまんで高くした。それから、尖《とが》った鉛筆《えんぴつ》の先で、大きな目に描《か》きかえ、まつげもバッチリ描《か》いた。

「これでどう?」

半信半疑《はんしんはんぎ》で鏡の前に立つと……。

「ひゃーっ！　何これ。お、おばけー！」

亜湖《あこ》の顔は、まるでアニメの登場人物のようになっていたのだ。それも、かなり下手《へた》くそな人が描《か》いた……。

改めて全身を見ると、手足の異様《いよう》な細さも、ウエストの締《し》まり具合も、なんて気持ちが悪いのだろう。人間じゃないみたいだ。

「もうわかったわ。お願い、前の姿《すがた》に戻《もど》して」

『自分で変えたんだから、自分で直しなさいよ』

人形は、冷たく言った。亜湖《あこ》は、あわてた。でも、直せば直すほど、鏡の中の自分は変な顔になり、体型も不自然になり、どんどん気味の悪い姿《すがた》になっていく。

「元に戻《もど》らなくなっちゃった。お願い、助けて！」

『甘《あま》えるな！　亜湖《あこ》が望んだことなんだから、その姿《すがた》で生きていきなさい』

「どうしよう、どうしよう」

亜湖《あこ》は泣き出した。だが、ねんど人形はクックックッと笑うばかりだ。その時、机《つくえ》の上を、何かがコロコロと走ってきて亜湖《あこ》の人形に体当《あ》たりした。瑠々《るる》がつくったひしゃげたねんど人形だ。どうしてここに？

「あたしのお姉ちゃんに何するの！　お姉ちゃんは、そのまんまがいいんだから。そのまんまがかわいいんだから。早く元に戻《もど》しなさい！」

その瞬間《しゅんかん》、突《つ》き飛《と》ばされた？　と思ったら、瑠々《るる》が抱《だ》きついていた。

「お姉ちゃん、さっきはごめんね。あたし、そのまんまのお姉ちゃんが大好きだから、あんなこと言っちゃったの。謝《あやま》るから、もう泣かないで」

亜湖《あこ》はあわてて自分の体をたしかめた。すっかり元の姿《すがた》に戻《もど》っている。部屋の入口で、ママが心配そうに見つめていた。

「ママ、瑠々《るる》、ごめんなさい！」

亜湖《あこ》は心からそう言って、あふれる涙《なみだ》をぬぐった。

悪魔《あくま》的な言葉

人間を絶望《ぜつぼう》させるためには、どのような手段《しゅだん》が有効《ゆうこう》か。

家を奪《うば》う。食べ物を奪《うば》う。いろいろな方法があるだろう。

中でも、その悪魔《あくま》が気に入っていたのは、人間関係を壊《こわ》すことだった。

人間は親や恋人《こいびと》や友人、学校や会社の人々など、たくさんの他者に囲まれて生きている。その人間関係が壊《こわ》れてしまえば、平和な生活はできない。

家や食べ物を奪《うば》う場合と大きくちがうのは、すぐに困《こま》るわけではなく、じわじわと苦しんでいく点だ。そして、悪魔《あくま》はその部分を気に入っていた。

人間関係を壊《こわ》すことは非常《ひじょう》にかんたんである。標的の人物にまつわる嘘《うそ》を、周囲にばらまけばいいのだ。

その内容《ないよう》はなんでもいい。「あいつはおまえのことを嫌《きら》っている」みたいな、そんな単純《たんじゅん》なものでいい。もちろん、そんなことで関係性《かんけいせい》が揺《ゆ》らがない人間もいるだろうが、そういう人間は最初から悪魔《あくま》の標的にはならない。そうやって、じわじわと学校や会社で居場所《いばしょ》を失っていった標的たちは、最後に絶望《ぜつぼう》を味わうこととなる。

悪魔《あくま》はその日も、ひとりの男を追《お》い詰《つ》めている最中だった。

相手は若《わか》い会社員。明るい性格《せいかく》で人脈も広い。会社の人気者だった。周囲にはいつもだれかがいて、彼《かれ》はずっと笑顔を浮《う》かべていた。

悪魔《あくま》の仕事はふだん通りだ。男の仕事場に現《あらわ》れて、嘘《うそ》の情報《じょうほう》を流していくだけ。悪魔《あくま》は姿《すがた》を変えることができる。だから、仕事場に溶《と》け込《こ》むことは容易《ようい》だった。

悪魔《あくま》の放った嘘《うそ》は、じわじわと仕事場に広がっていった。数日もすると、その効果《こうか》は顕著《けんちょ》に現《あらわ》れはじめた。

男は必要最低限《さいていげん》しか口を開かなくなり、休憩中《きゅうけいちゅう》に談笑することも、仕事終わりに同僚《どうりょう》と飲みに行くこともなくなった。

だが、悪魔《あくま》は何か違和感《いわかん》を覚えていた。何が気になるのかと首をかしげつつ、男の様子を観察して、悪魔《あくま》はあることに気づいた。

標的の男の表情《ひょうじょう》が、なぜか前よりも生き生きとしていたのだ。

絶望《ぜつぼう》へ突《つ》き落《お》とそうとしているのに、男はまったく気を落とした様子がない。何か失敗したのだろうかと悪魔《あくま》は自分の仕事を疑《うたが》ったが、何も失敗などしていなかった。

その証拠《しょうこ》に、男の会社での人間関係は日を追うごとに悪化《あっか》し、ついには居《い》づらくなったのか、男は会社を辞《や》めてしまった。

本来なら、悪魔《あくま》はここで絶望《ぜつぼう》する男を見て楽しむはずだった。

だが、男の表情《ひょうじょう》はいまだ生き生きしたままだ。男がなぜ明るい表情《ひょうじょう》をしていられるのか、どうしても気になった悪魔《あくま》は男の前に姿《すがた》を現《あらわ》して言った。

「なあ、なんであんたは、悪魔《あくま》の俺《おれ》に人生をめちゃくちゃにされたのに、そんなに生き生きとしていられるんだ?」

すると、男は目をかがやかせて悪魔《あくま》へと勢《いきお》いよく歩《あゆ》み寄《よ》った。

「えっ！　あなたがこの状況《じょうきょう》をつくってくれたんですか！　ありがとうございます！」

男から告げられた感謝《かんしゃ》の言葉。その理由がわからず、悪魔《あくま》は薄気味悪《うすきみわる》くさえ感じた。

男のその言葉には皮肉など込《こ》められておらず、心の底からの純粋《じゅんすい》なもののようだった。

「あんたは絶望《ぜつぼう》しないのか？　会社を辞《や》めることになったっていうのに」

悪魔《あくま》のその問いに、男は清々《すがすが》しい表情《ひょうじょう》で答える。

「いやー、実はぼく、あの会社のやつらのこと、大《だい》っ嫌《きら》いだったんですよ！　でも仕事だからむりやり笑顔つくってて。休憩中《きゅうけいちゅう》とかもどうでもいい話してくるんですよ？　マジで気持ち悪い。いや、ほんと、いずれ我慢《がまん》できなくなっていたと思いますし、きっかけをつくってもらえて助かりました！　あいつらと縁《えん》が切れて、ぼく、すごくすっきりしてます！」

周囲に笑顔を振《ふ》りまいていた会社の人気者。その男が口にした悪魔《あくま》的な言葉を、悪魔《あくま》はそれからしばらく忘《わす》れることができなかった。

お祓《はら》いガール

ほかにまったく取《と》り柄《え》はないんだけど、あたしには『悪魔《あくま》』が見える。

小さいころ、まわりの人には悪魔《あくま》が見えていないんだと気づいた時にはビックリした。

だって、悪魔《あくま》はどこにでもいるから。

たとえば、スマホに夢中《むちゅう》になったまま、赤信号の横断《おうだん》歩道を渡《わた》ろうとする女子高生。

あたしが腕《うで》をつかんで引き止めると、バイクが間一髪《かんいっぱつ》で目の前を通りすぎていく。

「手放せないスマホには、たいてい悪魔《あくま》が取《と》り憑《つ》いてます。気をつけてくださいね」

あたしはおどろく女子高生のスマホを持って軽く振《ふ》った。小さい悪魔《あくま》が怒《おこ》ってキーッと牙《きば》をむき、転がり落ちて消えていく。

命を救ったにもかかわらず、女子高生はあたしをにらみつけて言った。

「ハァ？　バッカじゃないの？　ほっといてよ！」

女子高生があたしの手から引ったくったスマホには、すぐに別の悪魔《あくま》が取《と》り憑《つ》いた。

別の太った女性《じょせい》の両手には、お菓子《かし》を詰《つ》め込《こ》んだ大きな袋《ふくろ》。

「これ以上食べると危険《きけん》ですよ。中毒性《ちゅうどくせい》のあるお菓子《かし》には悪魔《あくま》が取《と》り憑《つ》いていることも」

あたしはスナック菓子《がし》にくっついた悪魔《あくま》を、袋《ふくろ》の中からつまみだした。

「やめてよっ！　あたしが何を食べようと、あんたには関係ないでしょ！」

女性はあたしからお菓子《かし》の袋《ふくろ》を悪魔《あくま》ごと引ったくり、怒《おこ》って行ってしまった。

たいていの人は悪魔《あくま》の存在《そんざい》を信じないけど、悪魔《あくま》のほうは人間を放っておかない。知らないうちに地獄《じごく》行き、なんてこともある。見るに見かねて、悪魔《あくま》を祓《はら》っているのに。

「もう、助けるの、やめようかな。救ってあげても感謝《かんしゃ》されるわけじゃないし」

あたしは校門の前でため息をついた。「小さな親切、大きなお世話って言うもんね」

「そんなことはありません！　すばらしい能力《のうりょく》をおもちです！」

振《ふ》り向《む》くと、あたしの真後ろに、メガネでおさげの女子中学生が立っていた。同じクラスの緑川杏子《みどりかわきょうこ》だ。心霊《しんれい》オタクの変わり者だという噂《うわさ》で、ほとんど話したことはない。

「立花理子《たちばなりこ》さん。失礼ながら私《わたし》、あなたを尾行《びこう》して調査《ちょうさ》して参りました」

「えっ！　なに？　ストーカー？」

ビビるあたしに、緑川《みどりかわ》さんは束ねたレポートを見せて言った。

「ここ一か月で、あなたは悪魔《あくま》に取《と》り憑《つ》かれて危険《きけん》な目にあいそうになった人を、三十二人助けましたね。一日にひとり以上の魂《たましい》を救ったことになります。勇気ある行動です」

「か、勘違《かんちが》いだと思うよ。あっ。授業《じゅぎょう》に遅《おく》れちゃう」

ごまかして生徒玄関《げんかん》に入ろうとしたけど、緑川《みどりかわ》さんはピッタリとくっついてくる。

「警戒《けいかい》はご無用です！　私《わたし》も悪魔《あくま》が見えるのです。祓《はら》う力はありませんが」

あたしは思わず足を止め、緑川《みどりかわ》さんの顔をまじまじと見た。「妄想《もうそう》じゃなくて？」

「はい。このメガネを通すと見えるのです。立花《たちばな》さんは、生まれもった能力《のうりょく》ですよね」

「どういうこと？　そのメガネ、いったいなんなの？」

「神学者の父が手に入れた、悪魔《あくま》のメガネです。世にはびこる悪魔《あくま》を既視化《きしか》したいと願うあまり、父はメガネと交換《こうかん》に魂《たましい》を悪魔《あくま》に売《う》り渡《わた》してしまいました。死後、千年の間、悪魔《あくま》のしもべとして働かねばなりません。ちまたにあふれているのが、その低級悪魔《あくま》です」

「悪魔《あくま》がなんであんなにいっぱいいるのかわかったよ……。お父さん、千年も大変だね」

「大変なのは、私《わたし》なのです。父は自分の魂《たましい》を売《う》り渡《わた》したつもりでしたが、悪魔《あくま》と交わした契約書《けいやくしょ》の中に、小さく書いてあったのです。半年後に娘《むすめ》の魂《たましい》を没収《ぼっしゅう》すると。若《わか》い魂《たましい》のほうがよく働くそうで。父はすっかり落《お》ち込《こ》んで、引きこもりになってしまいました」

「でも、魂《たましい》は死後に回収《かいしゅう》されるんでしょ？　緑川《みどりかわ》さんは、ぜんぜん元気じゃん」

「今のところは。おそらく期日には、命にかかわる何かがあるのだと思います……」

「ええっ！　そんな！　クレームを出してキャンセルできないの？」

「気づいた時には手遅《ておく》れでした。魂《たましい》を回収《かいしゅう》に来る悪魔《あくま》を祓《はら》うしかないのですが、プロのエクソシスト（悪魔祓《あくまばら》い師《し》）はみんな恐《おそ》ろしがって、だれも引き受けてくれません」

「そ、それほどすごい悪魔《あくま》なの？」

「悪魔《あくま》の中でも非常《ひじょう》に大きな力をもっている上級悪魔《あくま》で、祓《はら》い損《そこ》ねたら大変なことに」

ここまでの話の流れで、あたしは自分が声をかけられた理由を察した。

「ゴメン。あたしにはムリ。だって、しょぼい悪魔《あくま》しか祓《はら》ったことがないんだもん」

「訓練すれば、きっと大丈夫《だいじょうぶ》です！　期日までまだ一か月ありますし！　どうか、お願いいたします！　父は大金持ちのボンボンなので、礼金は望むだけお支払《しはら》いすると言っています。大学進学時の授業料《じゅぎょうりょう》全額《ぜんがく》と、こじゃれたマンションでいかがでしょうか！」

一瞬《いっしゅん》グラリと心が揺《ゆ》れたけど、思いとどまってあたしは断《ことわ》った。「ほかの人に頼《たの》んで」

「ですよね……」緑川《みどりかわ》さんがうなだれる。「立花《たちばな》さんが最後の希望だったのですが……」

そこまで追《お》い詰《つ》められていると知ったら、さすがに気の毒になった。

「じゃあ、こうしよう。悪魔祓《あくまばら》いの練習をしてみて、上達するようなら引き受ける」

緑川《みどりかわ》さんの青白い顔が、パッとかがやいた。「ありがとうございます！　命の恩人《おんじん》です！」

「まだわかんないよ。がんばってはみるけど。じゃ、さっそく今日から練習しようか」

その日から、あたしたちふたりの猛特訓《もうとっくん》がはじまった。

「立花《たちばな》さん、ほら、あそこにもいます！　生徒会長の背中《せなか》。教頭先生の頭の上にも」

緑川《みどりかわ》さんが目ざとく見つける悪魔《あくま》を、あたしが祓《はら》う。最初は小さい悪魔《あくま》をほこりのように手で祓《はら》っていたけど、もう少し大きい悪魔《あくま》に「消えろ」と念じて祓《はら》えるようになった。

「わぁ！　すごいです！　あっというまにコツをつかんできましたね！」

緑川《みどりかわ》さんがうれしそうに手を叩《たた》く。あたしはちょっとうれしくなった。自分でも嫌《いや》になりかけていた悪魔祓《あくまばら》いの力を、認《みと》めて必要としてくれている人がいる。

切羽詰《せっぱつ》まった状況《じょうきょう》なのに、どこかおっとりとしている緑川《みどりかわ》さん。話してみると、すごく優《やさ》しくていい子だった。あたしたちは毎日一緒《いっしょ》に悪魔祓《あくまばら》いを練習し、たくさんの人をひそかに救った。図書館に通って悪魔祓《あくまばら》いについて調べ、ふたりで対策《たいさく》を考える。

やがてあたしは、トラック運転手に取《と》り憑《つ》いた大きな悪魔《あくま》を、大事故寸前《だいじこすんぜん》で『祓《はら》う』ことに成功した。運転手の魂《たましい》だけでなく、通学途中《とちゅう》の小学生の命も救ったのだ。

「よし！　やれる気がしてきた」

そして、一か月後。ついに魂《たましい》受《う》け渡《わた》しの期日となった。場所は、緑川《みどりかわ》家の書斎《しょさい》。

あたしは、悪魔祓《あくまばら》いのさまざまな道具を点検《てんけん》しながら言った。

「契約書《けいやくしょ》には夜十時となってるね。悪魔《あくま》が現《あらわ》れたら、メガネを返すから緑川《みどりかわ》さんの魂《たましい》を持って行かないでくれって交渉《こうしょう》してみよう」

「無理に決まってる。悪魔《あくま》が一度締結《ていけつ》した取引を覆《くつがえ》すものか。ああ、私《わたし》のせいで娘《むすめ》は」

椅子《いす》に座《すわ》ってガックリとうなだれている父親を、娘《むすめ》の緑川《みどりかわ》さんが慰《なぐさ》めている。

「最後まで、粘《ねば》り強く交渉《こうしょう》してみましょう、お父さん。私《わたし》もかんたんには魂《たましい》を渡《わた》しませんから。……ケケケ」突《とつ》然《ぜん》、緑川《みどりかわ》さんが気味の悪い声で笑い出した。「ケケケケケケケ」

「あれ？　どうしたの？　具合悪い？」

あたしが心配して聞くと、背中《せなか》を向けていた緑川《みどりかわ》さんが、首だけぐるりとこっちにまわして言った。《いや、最高の気分だ。バカな人間め》

いつもおっとりしている緑川《みどりかわ》さんの表情《ひょうじょう》が、すっかり悪魔《あくま》のようになっている。

「ウソ。まだ昼の十時じゃん！　もう悪魔《あくま》が取《と》り憑《つ》いたの？」

《書類をよく見ろ。夜十時という文字の横に〝ひるじゅうじ〟とルビ※が振《ふ》ってあるだろう。死因《しいん》は、原因《げんいん》不明のショック死にでもしておこう。若《わか》い魂《たましい》をお得に手に入れたぞ》

※振《ふ》り仮名《がな》のこと

「せこっ！　そのうえ、めっちゃひどい！　緑川《みどりかわ》さんは十五歳《さい》になったばかりなのに！」

悪魔《あくま》に取《と》り憑《つ》かれた緑川《みどりかわ》さんが、ケタケタと笑った。

《だまされるほうが悪いのだ。魂《たましい》は、一か月、いや一日でも歳若《としわか》いほうが価値《かち》が高いからな。そして、悪魔《あくま》の契約書《けいやくしょ》はぜったいだ。使用済《ず》みメガネの返品も受けつけないぞ》

「もうおしまいだ……。さようなら、杏子《きょうこ》」父親が、メソメソと泣きはじめた。

「な、何あきらめてるんですか！　待ってて、緑川《みどりかわ》さん。あたしがコイツを祓《はら》ってやる！」

あたしは床《ゆか》に踏《ふ》ん張《ば》って立ち、楽しそうに首をグルグルとまわしている緑川《みどりかわ》さん……いや、上級悪魔《あくま》に向かって念じた。「消えろ！　消えろ！　キエテシマエー！」

緑川《みどりかわ》さんは、首をねじりパンのようにしたまま、ニヤニヤ笑っている。

《おまえごときに祓《はら》えるものか！　さあ、茶番は終わりだ。娘《むすめ》の魂《たましい》はいただいていく》

黒く大きな悪魔《あくま》がついに姿《すがた》を現《あらわ》した。噂《うわさ》には聞いていたけど、低級悪魔《あくま》とはケタちがいの迫力《はくりょく》だ。だけど、恐《おそ》ろしい姿《すがた》におびえている時間はない。こうなったら最終手段《しゅだん》だ。

緑川《みどりかわ》さんを守るため、あたしは、悪魔《あくま》のほうへ足を踏《ふ》み出《だ》して叫《さけ》んだ。

「待って！　契約《けいやく》したいことがあるの！　その子の代わりにあたしの魂《たましい》をあげる！」

翌日《よくじつ》。首に大きなシップを貼《は》った緑川《みどりかわ》さんが、心配そうにあたしを見た。

「助けてくださってありがとうございます。でも本当に大丈夫《だいじょうぶ》ですか？」

ふたり並《なら》んでいつものように登校しながら、あたしは緑川《みどりかわ》さんを見てにっこり笑った。

「気にしないでよ。友だちじゃん。大丈夫《だいじょうぶ》、あたしの魂《たましい》を奪《うば》いに来た悪魔《あくま》を、ぜんぶ祓《はら》っちゃえばいいだけだもん。実は、あの悪魔《あくま》との魂《たましい》受け渡《わた》し契約書《けいやくしょ》に、超《ちょう》小さい字でこっそり書いておいたの。【魂《たましい》は百回分割払《ぶんかつばら》い。取り立ては、低級悪魔《あくま》に限《かぎ》る】って。あの上級悪魔《あくま》が、せこいうえに老眼《ろうがん》でよかった」

悪魔《あくま》は、緑川《みどりかわ》さんより誕生日《たんじょうび》が三か月遅《おそ》いあたしの魂《たましい》のほうがお得だと判断《はんだん》したのだ。

「上級悪魔《あくま》をだましちゃうなんてさすがです！　あっ。立花《たちばな》さん。さっそく最初の一匹《いっぴき》が」

「ん？　ほんとだ」あたしの肩《かた》につかまって、必死に魂《たましい》を取り出そうとしている小さな悪魔《あくま》をつまみとり、指先でプツンとつぶす。「楽勝だね。あと九十九匹《ひき》！」

インタビュー

ええ、よろしくてよ。インタビューには慣《な》れておりますの。何しろ天才ピアニストの母ですから。息子の才能《さいのう》を見出《みいだ》し、開花させたのは、このわたくし。おほほ。このところ体調を崩《くず》してふせっておりましたけれど、今日は気分がいいですわ。

息子が三歳《さい》になったばかりのこと。親戚《しんせき》が集まったちょっとしたパーティーで、あの子は年上のいとこがピアノ演奏《えんそう》をするのを食《く》い入《い》るように見ていました。いとこが演奏《えんそう》を終えるやいなやピアノに駆《か》け寄《よ》り、鍵盤《けんばん》に小さな指を乗せ、聞いたばかりのメロディをワンフレーズ、弾《ひ》いて見せましたの。

おどろいたわたくしは、翌日《よくじつ》、息子を音楽教室へ連れて行きました。メロディを一度聞いただけで弾《ひ》けたことを先生にお話しして、試してもらいましたの。息子はピアノの音色に目をかがやかせ、先生は彼《かれ》の才能《さいのう》に感嘆《かんたん》の声をあげていましたわ。

わたくし自身は、幼《おさな》いころ、ほんの手習い程度《ていど》にピアノレッスンに通っただけ。でもモーツァルトやショパンのピアノ曲が大好きで、息子がおなかの中にいるころもよく聞いていましたの。きっとそれが、すばらしい胎教《たいきょう》となったのですわね。

レッスンに通いはじめると、息子はみるみるうちに、才能《さいのう》を伸《の》ばしました。習いはじめて一年たったころには、コンクールで優勝《ゆうしょう》するほどに。

もちろん先生の熱心な指導《しどう》のおかげもありますけれど、それ以上に、ピアノというのは日々の練習が大切ですの。そのための環境《かんきょう》を、親がどれだけ用意してやれるか。それも感性《かんせい》がぐんぐん成長する幼《おさな》いころに。

わたくし、全力で、あの子に与《あた》えましたわ。質《しつ》のよいピアノ、好きなだけ練習できる防音室《ぼうおんしつ》、そして一流ピアニストの演奏《えんそう》。コンサートで幼児《ようじ》連れを非難《ひなん》する人には、きぜんと言い返しました。

「この子は未来の天才ピアニスト、優《すぐ》れた演奏《えんそう》を生で聞く権利《けんり》があるのです」と。

幼稚園《ようちえん》も音楽教育に熱心なところを選んだつもりだったのですけれど、すぐに、失敗だと気づいてやめました。冬に砂場《すなば》で遊ばせて、指にしもやけをつくらせましたの。天才ピアニストの指をなんだと思っているのでしょう。

ええ、砂場《すなば》は幼児期《ようじき》の学びの場、という説は存《ぞん》じております。たしかに、一般論《いっぱんろん》としてはその通りでしょう。でも、息子には不必要、むしろ害ですわ。そもそも砂場《すなば》って不潔《ふけつ》でしょう？　ハトや野良猫《のらねこ》のフンがまじっているかもしれませんわ。ガラスの破片《はへん》がぜったいまじってないと言い切れます？　おお、怖《こわ》い。

幼稚園《ようちえん》に行きたがる息子の、しもやけで赤くなった指をわたくしの両手で包み、言い聞かせました。

「あなたは、天才ピアニスト。この指は砂遊《すなあそ》びをするためのものではありません」と。

小学校に入学してからも、似《に》たようなことは何度もありました。たとえば、ドッジボール。突《つ》き指のリスクが高すぎます。調理実習も、指に切り傷《きず》を負ったり、火傷《やけど》をする危険《きけん》があります。いくら本人が気をつけても、まわりの子の失敗に巻《ま》き込《こ》まれるかもしれません。冬の雑巾《ぞうきん》がけも、しもやけの原因《げんいん》になるからやめさせてくださいと、学校に申し入れました。

息子の才能《さいのう》を守るための戦いでしたわ。担任《たんにん》の先生に、「生活力を得ることも大切です。お家《うち》の手伝いをさせてください」と言われた時は、こう申し上げました。

「先生は、天才ピアニストを育てた経験《けいけん》がおありにならないから」

息子にとっては、手伝いよりピアノの練習のほうが大切なのです。

小学校高学年になりますとコンクールのレベルも上がります。それでも連続して優勝《ゆうしょう》し、天才ピアニストとして世にも知られ、CD《シーディー》デビューもいたしました。このころには、音楽教室ではなく、一流の先生の個別《こべつ》レッスンを受けるようになっておりました。

そうですわね、金銭的負担《きんせんてきふたん》はありますけれど、それも才能《さいのう》きらめく子をもった親の喜び。ええ、おっしゃる通り、元夫の両親からの援助《えんじょ》もございます。孫に才能《さいのう》があるのは、祖父母《そふぼ》にとってもときめくこと。支援《しえん》できることはあの人たちにとって幸せなことですわ。

教育方針《ほうしん》のちがいで離婚《りこん》はいたしましたけれど、息子への支援《しえん》は当たり前です。

中学生になってからのこと？　似《に》たようなものですわ。学校に失望しただけ。息子のピアニストとしての活躍《かつやく》を応援《おうえん》してくれる学校を選んだつもりだったのですけれど。

あら、不登校のこともお調べになったの。熱心ですこと。原因《げんいん》は息子の問題発言ですって？　だれが言いましたの、そんなでたらめを。あの子は被害者《ひがいしゃ》ですのよ。誤解《ごかい》されたままでは嫌《いや》ですから、お話しいたしますわ。

きっかけは、音楽会の伴奏《ばんそう》を断《ことわ》ったこと。たしかに、息子の断《ことわ》りの言葉は、少し未熟《みじゅく》だったかもしれません。天才ピアニストといえども十三歳《さい》。あの子は世間慣《な》れしてなくて、ピュアなんです。思うままを口に出してしまいましたの。悪気はないんですのよ。

「できません。こんなレベルの低い合唱の伴奏《ばんそう》なんてしたら、指が泣きます」って。

息子の言いぶんは、まちがっておりません。天才ピアニストとしての自覚があるゆえだと、わたくしはうれしく思うほどです。

そもそも、コンクールで連続優勝《れんぞくゆうしょう》、自他ともに認《みと》める天才、CD《シーディー》デビューもはたしたプロのピアニストに、中学校の合唱の伴奏《ばんそう》を依頼《いらい》しますか。いいえ、依頼《いらい》ですらありませんわね。無償《むしょう》ですから。

クラス担任《たんにん》がそれをちゃんと、教室で説明すべきだったのです。伴奏《ばんそう》を頼《たの》むほうが、おかしいのだと。でもしなかった。そのせいで、クラスメイトから嫌《いや》がらせを受けるようになりまして。

のけ者にされ、無視《むし》されるようになり。目の前でドアを勢《いきお》いよく閉《し》められたと聞いたとき、わたくし、怒《いか》りと恐《おそ》れに、震《ふる》えましたわ。きっと、指をはさむことをねらったにちがいありません。なんて子たちでしょう。そんな子を止めることもできない教師《きょうし》に、大切な息子を預《あず》けることはできません。

不登校になったのではなく、不登校を選んだのです。家庭教師《きょうし》を雇《やと》い自宅《じたく》学習させ、試験は保健室《ほけんしつ》で受けさせました。その際《さい》には息子を守るため、送《おく》り迎《むか》えもいたしました。

あの数年、コンクールで優勝《ゆうしょう》をのがしたのは無神経《むしんけい》な教師《きょうし》たちのせい。ピアニストは繊細《せんさい》なんです。

ええ、そのあと、自由な校風の高校に進学しました。

ふぅ、疲《つか》れましたわ。もうこのへんで、終わりにいたしましょう。

ジャズバンド部に入部したことについて？　嫌《いや》だわ、そんなことまでお調べになったの。まったく、ジャズバンドなんて。そんな部、高校には必要ないでしょうに。ええ、校長先生にもそう申し上げましたよ。だから廃部《はいぶ》にしてくださいと。息子が高校に通う三年間だけでもと。

「天才ピアニストの才能《さいのう》を守るために」

聞き入れていただけませんでした。わたくし、学校運が悪くて、嫌《いや》になりますわ。

もちろんジャズは、すばらしい音楽ですわ。でも息子の音楽ではございません。ずっとクラシックをやってきたのです。

ジャズでもロックでも、たまに気分転換《てんかん》に聞くのならば、わたくしも何も言いません。あの子も最初はそんなつもりで、ジャズバンド部をのぞいたんだと思います。けれど部員にとっては、またとないチャンス。天才ピアニストの演奏《えんそう》を手に入れたくてたまらなかったことでしょう。うぶな息子をだますようにして、入部させたんですわ。息子は、それがいけないことだとわかっていました。だから、わたくしに内緒《ないしょ》にしたのです。

でもね、母親に隠《かく》しごとなんて、無理ですのよ。

いつものように練習するのを見守っていて、何か変だとすぐに気づきましたわ。心ここにあらずというか、曲に乱《みだ》れが出ていました。ですから一度防音室《ぼうおんしつ》を出て、しばらくしてそっとのぞきましたの。ええ、ジャズを弾《ひ》いていましたわ。

問《と》い詰《つ》めて、ジャズバンド部のことを知りました。息子にとってマイナスにしかならないことを説いて、退部《たいぶ》するよう言いました。けれど、いつもは素直《すなお》な子が、うなずきませんでしたの。

ですから翌日《よくじつ》、ジャズバンド部の活動をのぞきに行きました。息子には内緒《ないしょ》で。場所はすぐにわかりました。美しいピアノの音色が、導《みちび》いてくれました。部活動がはじまる前だったのでしょう、音楽室にはピアノを弾《ひ》く息子と、サックスを吹《ふ》く女生徒のふたりだけ。その様子をひと目見て、悟《さと》りましたわ。息子は悪い女にたぶらかされている、と。

ですから、校長室に向かったのです。ジャズバンド部の廃部《はいぶ》をお願いしに。でも聞き入れていただけなかったので、息子を退学《たいがく》させることにしましたの。

息子が孤独《こどく》ですって？　凡人《ぼんじん》に理解《りかい》されないのは、天才ピアニストの宿命ですから。でも、わたくしがおりますわ。海より深い愛情《あいじょう》で、あの子を支《ささ》えております。

まぁ。ジャズバンド部は息子が自分で選んだ道だとおっしゃるの？　わたくしの支配《しはい》から逃《のが》れてやっと自分で歩みはじめたのではないか、ですって？

あなた、何もおわかりになっていないのね。今まで何を聞いてらしたの。息子は三歳《さい》のあの日に、自分の道を選んだのです。それからというもの、わたくしは全身全霊《ぜんれい》、あの子のために生きておりますのよ。すべては、息子のため。ええもちろん、息子はそのことを理解《りかい》して、感謝《かんしゃ》してくれていますわ。

この先も二人三脚《ににんさんきゃく》、音楽留学《りゅうがく》しようと思いますの。日本の学校より、きっと合っているでしょう。もちろん、わたくしも一緒《いっしょ》に行って、支《ささ》え続《つづ》けます。息子が天才ピアニストとして、さらに羽ばたけるように。


今、なんと？　息子が人を殴《なぐ》った？　まさか。

本当ですの？　本当に、わたくしの息子が？

大変、指は大丈夫《だいじょうぶ》かしら。天才ピアニストの指ですよ。相手がよほどひどいことをしたにちがいありません。ええわかりますとも。あの子は悪くありません。

え？　殴《なぐ》られたのは、わたくし？

おかしなことをおっしゃらないで。あなたいったいどこの記者なの。

刑事《けいじ》さん？

インタビューではないの？

……あらここはどこかしら。わたくし、どうしてベッドに。

最高の睡眠《すいみん》

「姫花《ひめか》！　聞いてるの？」

姫花《ひめか》はハッと顔を上げた。お母さんが怖《こわ》い顔で見つめている。

「えーと、ごめん……。なんだっけ？」

「塾《じゅく》は何時から？　って聞いたの。まったく、スマホなんか買うんじゃなかった」

高校一年生の姫花《ひめか》は、完璧《かんぺき》スマホ漬《づ》けになっていた。ゲームに夢中《むちゅう》になるあまり、歩きスマホで車にぶつかりそうになって、お巡《まわ》りさんに叱《しか》られたり、画面を見ながら駅の階段《かいだん》を転げ落ちそうになったり。人に話しかけられても耳に入らず、うわの空なことが増《ふ》えた。家族だけでなく、友だちの声も聞こえないことがある。

それでもスマホを深夜まで手放すことができず、視力《しりょく》は落ちるし、授業中《じゅぎょうちゅう》は集中できず、成績《せいせき》は下がり、体調も悪くなり、とうとう不眠症《ふみんしょう》になってしまった。

「姫花《ひめか》、予約を取ったから、明日、心療《しんりょう》内科に行きましょう」

お母さんが言った。

「えー、あたし病気じゃないもん」

「眠《ねむ》れないなんてヤバイぜ。いいから、病院行けよ」

弟の大貴《だいき》までが真剣《しんけん》な顔ですすめてくる。たしかに、眠《ねむ》れないのは苦痛《くつう》だった。明け方をすぎて、やっとウトウトしたころにお母さんに起こされて、もうろうとしながら家を出るのはつらかった。姫花《ひめか》はしかたなく病院に行くことにした。

「これは、典型的なスマホ中毒ですね。ネット依存症《いぞんしょう》一歩手前です」

先生は言った。

「今なら、まだ間に合います。スマホを使わない生活をしばらく続ければ、症状《しょうじょう》は改善《かいぜん》していきますよ」

脳《のう》や生活への悪影響《あくえいきょう》を説明されて、さすがの姫花《ひめか》も怖《こわ》くなった。でも、スマホを我慢《がまん》するなんて、できるんだろうか……。お母さんが涙《なみだ》ぐんだ。

「わたしもしばらくやめるわ。だから、一緒《いっしょ》にがんばりましょう」

とうとう、姫花《ひめか》のスマホは取り上げられた。

「とにかく、一か月は我慢《がまん》しなさい」

「そんなの無理だよ！」

必死に抵抗《ていこう》したが、聞き入れてはもらえず、スマホはどこかに隠《かく》された。

禁断症状《きんだんしょうじょう》は、思ったよりきつかった。何も手につかないし、考えがまとまらない。スマホに会いたくて涙《なみだ》が出てくる始末だ。

「どこにしまったのよ。ぜったい見つけてやるわ」

家族の留守《るす》を見はからって、姫花《ひめか》はこっそり家中を探《さが》した。そして、とうとう隠《かく》し場所を見つけたのだ。それは、お母さんの衣装《いしょう》ダンスの奥《おく》の、古びた帽子《ぼうし》がしまわれている箱の中だった。ごていねいに、ハンカチにくるまれていた。

「ヤッター、見つけちゃった。ちょっと使ったら、すぐ戻《もど》すから」

家族が寝静《ねしず》まる真夜中を待ち、姫花《ひめか》はそっと電源《でんげん》を入れた。ああ、なんて心が安らぐのかしら。真っ先にタップしたのは、もちろん、ハマっていた恋愛《れんあい》シミュレーションアプリ『運命の王子様』だ。胸《むね》が高鳴った。

しばらくやっていると、画面にいきなりアプリの広告が出てきた。

「何これ?」

『運命の王子様』のキャラよりも、さらに姫花《ひめか》好みのイケメン王子が画面に現《あらわ》れ、勝手にしゃべり出す。

「眠《ねむ》れぬあなたに最高の睡眠《すいみん》を提供《ていきょう》する、眠《ねむ》れる森の王子アプリはこちら!」

眠《ねむ》れる森の王子アプリ? スマホで最高の睡眠《すいみん》を提供《ていきょう》なんて、願ってもないじゃん!

姫花《ひめか》はひとりでに画面をタップし、気がつくと、もうダウンロードしていた。

「うわー、これ、使えそうー」

さっきのイケメン王子が出てきて、よく眠《ねむ》れるストレッチや、快適《かいてき》な姿勢《しせい》を教えてくれる。アプリのくせして、声がまたうっとりするほどすてきだ。

「おすすめアラーム、『王子のキス』だって。ははは、どーいうこと？」

思わず笑ってしまいながら、いくつもある曲の中から『森のささやき』というのを選び、王子のキス、のアラームをタップする。指示《しじ》に従《したが》い、あお向けに寝《ね》て手を胸《むね》の上で組むと……。どこからかさらさらと木の葉がざわめくような音が聞こえてきて、ものすごく気持ちがよくなり、姫花《ひめか》はあっというまに眠《ねむ》りに落ちた。

森の中をさまよう長い長い夢《ゆめ》を見たあとだ。何かがチュッとくちびるに触《ふ》れた。

（えっ？）

ハッと目を覚《さ》ますと、知らない部屋の中だった。

マンガの背景《はいけい》を見ているような空間感覚。姫花《ひめか》の手を握《にぎ》っていたのは……。

（なんか、変……）

「キャーッ」

「おお、美しい姫《ひめ》よ、やっと目を覚《さ》まされたか」

「な、な、な、何？　ここ、どこ？」

それは、さっきのイケメン王子だった。でも、全然カッコよくない……っていうか、何これ。ペラッペラじゃん！　３Ｄ《スリーディー》じゃなくて、２Ｄ《ツーディー》？　嘘《うそ》でしょ？

「スマホの中からおまえを見初《みそ》めたのだ。王子のキスを選んでくれてありがとう」

「冗談《じょうだん》でしょ？　その上あたしの大事なファーストキスを……。どーしてくれんのよ！」

「おまえはもう、わたしのものだ。姫《ひめ》よ、眠《ねむ》りの国へ、ようこそ」

「ヤダーッ!!　家に帰してーっ。スマホはどこーっ」

姫花《ひめか》がつかみかかったので、ペラッペラ王子は危《あや》うくちぎれかけた。

「思ったよりじゃじゃ馬だな。まあよい、一度だけやり直しを許《ゆる》してやろう。ふふん、これ以上の最高の睡眠《すいみん》、最高の目覚《めざ》めが選べるとは思えんがな」

(もう二度とスマホなんかさわらないから、お願い……)

姫花《ひめか》は震《ふる》える手でアプリをタップした。

さあ、姫花《ひめか》は無事に帰れるのか？　運命やいかに……。

鈴木《すずき》くん

ぼくの幼《おさな》なじみの鈴木《すずき》くんは、とても無口だ。

加えて両目は細くて鋭《するど》いし、顔は縦《たて》に長く大きい。すらっとした高身長の身体《からだ》には、筋肉《きんにく》がたくさんついている。笑っているところを見たことがない。それらの理由でまわりのみんなは、鈴木《すずき》くんと友だちになろうとしなかった。

ぼくは昔から気弱な性格《せいかく》で、ことあるごとにまわりから、からかわれていた。いじめられっ子というやつだったのだろう。小学校低学年の時、クラスメイトたちから消しゴムを隠《かく》されたり、後ろからおどかされたりと小さなイタズラをされていた。

高学年になると、だんだんとイタズラをされることはなくなって、平和に暮《く》らせていた。だけど中学校に上がった春、他の小学校から来た人たちに、ぼくはまたいじめられるようになってしまった。

廊下《ろうか》を歩いていたら、急に横から突《つ》き飛《と》ばされて、ぼくは冷たい床《ゆか》に倒《たお》れ込《こ》んだ。何が起こったのかとあたりを見まわすと、同じクラスの男子が三人、ぼくのことをにやにやと見下ろしていた。

「ごめんごめん。理由はないんだけどさ。なんかむかついたから、突《つ》き飛《と》ばしちゃったわ」

リーダー格《かく》の男子が嫌《いや》な笑みを浮《う》かべてそう言った。ぼくのことを完全に下に見ている表情《ひょうじょう》だ。この手の人間は標的が怯《おび》える様子を眺《なが》めて、さらに喜ぶことが多い。だから、ぼくは何の反応《はんのう》もせずに立ち上がった。彼《かれ》らは少しだけ動揺《どうよう》を見せる。ぼくは無言で服のほこりを払《はら》うと、彼《かれ》らの背後《はいご》、廊下《ろうか》の突《つ》きあたりに視線《しせん》を向けた。

「な、なんで何も言わねえんだよ」

その一連の仕草が、彼《かれ》らには不気味に見えたのだろう。

ぼくはただ、起き上がった時に見知った顔を見つけて、視線《しせん》を送っただけなのだけれど。

小学生の時、ぼくがだんだんいじめられなくなったのには、ある理由があった。

いじめっ子たちは気づいたのだ。ぼくに手を出すべきではないと。

やつらは口をそろえて、「あいつには悪魔《あくま》がついている」と言った。おもしろい表現《ひょうげん》だ。

たぶん、やつらからは本当にそう見えていたのだろう。

廊下《ろうか》の突《つ》きあたりから、彼《かれ》がものすごい勢《いきお》いでこちらへと走ってくる。あのころと同じように。

そして、だれからも怖《こわ》がられるその鋭《するど》い目つきで、筋肉《きんにく》のついた身体《からだ》で、みんなは知らないとても優《やさ》しい心をもって、ぼくといじめっ子たちの間に割《わ》り込《こ》んだ。

その彼《かれ》——鈴木《すずき》くんは相変わらずひとことも発することなく、ぼくを背中《せなか》で守るように立つと、いじめっ子三人をにらみつけてリーダー格《かく》の男子の胸元《むなもと》を突《つ》き飛《と》ばした。リーダー格《かく》の男子は小さな叫《さけ》び声《ごえ》とともに情《なさ》けなく倒《たお》れた。

鈴木《すずき》くんは残りのふたりのことも、怒《いか》りのこもった視線《しせん》でにらみつける。するとさっきまでにやにやとしていたふたりはすっかり震《ふる》え上《あ》がってしまって、床《ゆか》に倒《たお》れたリーダー格《かく》の男子を見捨《みす》てて、大声をあげながらどこかへ走り去ってしまった。

「あ、悪魔《あくま》……」

怯《おび》えながら立ち上がったリーダー格《かく》の男子もそう言い残すと、仲間を追うように逃《に》げていく。

「助けてくれてありがとう、鈴木《すずき》くん。また悪魔《あくま》って言われちゃったね」

ぼくは助けてくれた鈴木《すずき》くんに感謝《かんしゃ》の言葉を伝え、そして慰《なぐさ》めるように彼《かれ》の肩《かた》に優《やさ》しく手を乗せた。なぜ、そんなことをしたのかというと。

「なんで毎回、悪魔《あくま》って言われるんだろうな……」

鈴木《すずき》くんが悪魔《あくま》とも鬼《おに》ともとれる殺気のほとばしる目つきで、しかし、がっくりとうなだれていたからだ。

鈴木《すずき》くんは、見た目以外は普通《ふつう》の男子だ。彼《かれ》はその正義感《せいぎかん》からぼくを助けてくれたけれど、別にいじめっ子のやつらに恨《うら》みがあるわけではない。

同級生からいきなり悪魔《あくま》なんて言われれば、だれだって傷《きず》つくのは当然だろう。

鈴木《すずき》くんは悪魔《あくま》かもしれない。

いじめっ子のやつらにとっては。

だけど、鈴木《すずき》くんは心の優《やさ》しいヒーローだ。

親友のぼくからしてみれば。

復《ふく》讐《しゅう》者《しゃ》

おや、お兄さん、どうしました？　なんだか顔色が悪いようですが。真夜中にこんなところへ放《ほう》り込《こ》まれるなんて、相当悪いことをやらかしたんですね？

当ててみましょうか。その人相からすると……強盗《ごうとう》。いや、放火ってとこかなぁ。

じょ、冗談《じょうだん》ですよ。そんなに怖《こわ》い目でにらまないでくださいってば。暴力《ぼうりょく》はナシですよ。私《わたし》は家も家族もない、路上暮《ろじょうぐ》らしのしょぼくれた老人なんですから。

腹《はら》が減《へ》りすぎて食堂で飯《めし》を食《く》ったんですが、払《はら》う金がなくてね。いろんな店で何度か通報《つうほう》されたもんで、ついに捕《つか》まってここに放《ほう》り込《こ》まれちまったってわけでさ。まあ、ひさしぶりに屋根のあるところで休めると思えば悪くはない。

なんかのご縁《えん》で同じ場所にいるんでしょう。真夜中にふたりきり。

どうやらお兄さんも眠《ねむ》れないようですから、私《わたし》が小噺《こばなし》でもお聞かせしましょうか？

こんな蒸《む》し暑《あつ》い夏の夜ですから、ちょっと怖《こわ》い話なんてどうでしょう。

勝手にしろ？　へへ、じゃあそうさせてもらいます。始めますよ――。

ある夜のこと。若《わか》い男が街の交番に駆《か》け込《こ》み、ガタガタと震《ふる》えながらこう言いました。

「頼《たの》む。どうか、俺《おれ》を逮捕《たいほ》してくれ」

落ち着きなく背後《はいご》を見る男の目は落ちくぼみ、無精《ぶしょう》ひげが伸《の》びた顔はやつれはてていました。何かに追われ、ひどく怯《おび》えている様子です。

交代で夜間の勤務《きんむ》についていた若《わか》い警官《けいかん》は、警戒《けいかい》しながら男に聞きました。

「どういうことですか？　何か罪《つみ》を犯《おか》して自首したいと言っているのですか？」

「自首？　……ああ、そうだ。俺《おれ》は盗《ぬす》みを働いたんだ」

男はとっさにズボンのポケットを探《さぐ》り、汚《よご》れた財布《さいふ》を取り出して机《つくえ》の上に乗せました。警官《けいかん》が薄《うす》い財布《さいふ》の中身を調べたら、小銭《こぜに》が一枚《まい》だけ。

どういうことかといぶかしむ警官《けいかん》の制服《せいふく》をつかみ、男は声を張《は》り上《あ》げました。

「さっさと俺《おれ》を留置場《りゅうちじょう》へ入れろ！　やつが追ってくるんだ……！」

男の肩越《かたご》しに、警官《けいかん》は見たんですよ。交番の戸口の向こう。ぼんやりと灯《とも》る街灯の下に、黒くうごめく何かがいる。その何かが、ふたつの黄色い目を不気味に光らせ、荒《あら》い息を吐《は》きながら近づいてくるんです……。おお、こわ。

ええ、男は本当に追われていたんです。身の毛がよだつほど恐《おそ》ろしい悪魔《あくま》にね――。

――おや、何をそんなにおどろいているんです？　まさか、図星だなんてことはありませんよね？　だって、私《わたし》はお兄さんより一日前に、ここに入っていたんですから。私《わたし》らは初対面。そしてこれは、ただの小噺《こばなし》です。え？　続きを話してみろ？　はいはい、そんなに脅《おど》しつけなくても、今から話しますよ。……話は、男の過去《かこ》にさかのぼります。

ちょうど一年ほど前の夏。その男は、恐《おそ》ろしい罪《つみ》を犯《おか》しました。高原の避暑地《ひしょち》にある別荘《べっそう》で、裕福《ゆうふく》な夫婦《ふうふ》を殺して高価《こうか》な金品を奪《うば》い、逃走《とうそう》したんですよ。強盗《ごうとう》殺人です。

男は、現場《げんば》から逃走《とうそう》するために車を乗《の》り捨《す》て、深い森に足を踏《ふ》み入《い》れました。しばらく身を隠《かく》す場所はないかと探《さが》していたところ、偶然《ぐうぜん》古い小屋を見つけたんですよ。

そこには老人がひとり、ひっそりと暮《く》らしていました。男は道に迷《まよ》った旅人のふりをして老人に近づき、親切心につけ込《こ》んで居座《いすわ》ったのです。数日の潜伏《せんぷく》ののち、男は自分がひそんでいた証拠《しょうこ》を消すため、老人を撃《う》ち殺《ころ》して小屋に火をつけました。何もかも灰《はい》にして、その場を立ち去ったんですよ。ええ、血も涙《なみだ》もない男です。しかも、悪運が強い。警察《けいさつ》は別荘《べっそう》で起こった事件《じけん》の犯人《はんにん》の行方《ゆくえ》を追いましたが、目撃者《もくげきしゃ》ひとり、証拠《しょうこ》ひとつ見つからない。男は、それまでにも卑劣《ひれつ》な罪《つみ》を犯《おか》していたのに、ただの一度も捕《つか》まったことがなかったんです。この時も、男はまんまと逃《に》げおおせるはずでした。ですが、悪運というものは、いつかつきる時が来る。そうでしょう?

いつもは抜《ぬ》かりなく行動する男ですが、なぜかあの小屋のことを思い出すたび、不安になっていました。虫の知らせというんですかね。あの現場《げんば》に重大な証拠《しょうこ》を残してきた気がしてならない。そこで男は、犯行現場《はんこうげんば》にそっと戻《もど》ってみることにしたんです。よく言うでしょう? 犯罪者《はんざいしゃ》は現場《げんば》に戻《もど》るって。

避暑地《ひしょち》にあった夫婦《ふうふ》の別荘《べっそう》は、もう取《と》り壊《こわ》されていました。森の中の小屋は、焼け落ちたまま放置されています。小屋の主はきっと、身寄《みよ》りがなかったんでしょう。男は、自分に捜査《そうさ》の手が及《およ》んでいないと確信《かくしん》し、その場を立ち去ろうとしました。

その時です。男があの悪魔《あくま》に気がついたのは。

何か不気味な気配を感じて振《ふ》り向《む》いた男の目に、黒く大きな獣《けもの》が映《うつ》りました。焼け落ちた小屋のかげから男を見つめ、うなり声をあげています。

背筋《せすじ》が凍《こお》りつくほど、恐《おそ》ろしい姿《すがた》でした。するどい牙《きば》をむいた赤い口と、ギラギラ光る眼《め》。狂《くる》ったように吠《ほ》えながら、枯草《かれくさ》を蹴《け》って走《はし》り寄《よ》ってくる、その速さたるや。

黒い獣《けもの》は一瞬《いっしゅん》で男に飛びかかり、喉元《のどもと》に食《く》らいつこうとしました。男が肝《きも》をつぶして腰《こし》を抜《ぬ》かした瞬間《しゅんかん》。フッと獣《けもの》は消えました。まるで黒い霧《きり》のように。

呆然《ぼうぜん》とする男の脳裏《のうり》に、一年前の記憶《きおく》がよみがえります。息絶《いきた》えて、床《ゆか》に崩《くず》れ落《お》ちた老人に駆《か》け寄《よ》った、黒い大きな飼《か》い犬。死んだ主人を、犬は必死に起こそうとしていました。その姿《すがた》を横目で見ながら、男は小屋に火を放ったのです。地獄《じごく》のように燃《も》え盛《さか》る火が、老人と黒い犬を小屋ごと飲《の》み込《こ》んでいった——。

襲《おそ》いかかってきた獣《けもの》は、あの老人の飼《か》い犬にそっくりでした。黒い毛皮が焼けただれ、灰色《はいいろ》の骨《ほね》が浮《う》き出《で》た犬。男をにらみつけるふたつの目が、脳裏《のうり》に焼きついて離《はな》れません。男の体は震《ふる》えていました。冷酷《れいこく》で残酷《ざんこく》な男が、生まれて初めて感じた恐怖《きょうふ》でした。

その日からですよ。男が死んだ黒い犬の姿《すがた》に脅《おびや》かされるようになったのは。

どこまで逃《に》げても、男は自分をつけまわす黒い犬の気配を感じました。暗い公園。ビルとビルの間の細い路地。高架線《こうかせん》の下。昼も夜も、犬は低いうなり声をあげて男のあとをつけまわし、人影《ひとかげ》がなくなると襲《おそ》いかかってくるのです。

部屋に閉《と》じこもって窓《まど》の外を見ると、男が出てくるのを待《ま》ち伏《ぶ》せしている犬がいます。男は、恐怖《きょうふ》のあまり一歩も外へ出られなくなってしまいました。盗《ぬす》んだ金は底をつき、ついには宿も追い出されてしまいます。

犬の気配に怯《おび》えながら、男は公園のベンチで昼をすごしました。やがて日は暮《く》れはじめ、人影《ひとかげ》もまばらになります。公共施設《しせつ》は門を閉《と》じ、金のない男を休ませてくれる店はありません。屋外でひとり迎《むか》える夜の訪《おとず》れは、恐《おそ》ろしい死を暗示《あんじ》しているように思えました。せめて人が通る繁華街《はんかがい》の軒下《のきした》で夜を明かそうと歩き出した男は、背後《はいご》からヒタヒタと自分をつけてくる、あの犬の気配を感じたのです。

恐怖《きょうふ》にかられた男は、必死に街中を逃《に》げまわりました。疲《つか》れはてて足も動かなくなった時、男は、真夜中の交番の明かりを見つけたのです。黒い犬から逃《に》げられるなら、留《りゅう》置場《ちじょう》ですごすほうがマシだ。男は交番に駆《か》け込《こ》み、震《ふる》えながら言いました。

「頼《たの》む。どうか、俺《おれ》を逮捕《たいほ》してくれ」

——おや？　どうしましたか？　お兄さん。ひどく気分が悪いようですね。なんですべてを知っているんだ、ですって？　あの犬の悪霊《あくりょう》が姿《すがた》を変えているんだろう、だなんて、思いちがいもいいとこですよ。

だって、あの犬は、悪霊《あくりょう》になるような犬じゃありません。のんきで優《やさ》しい犬でした。じゃあ、殺したじいさんの亡霊《ぼうれい》かって？　まさか。あのじいさんも、そりゃあ気のいい人でしたよ。私《わたし》はどちらも大好きでした。

教えてあげましょう。犬に追われる幻想《げんそう》は、この私《わたし》がつくり出したんですよ。あんたに取《と》り憑《つ》いてね。昼も夜も、私《わたし》はずっと一緒《いっしょ》にいたんです。あの焼け落ちた小屋にあんたが再《ふたた》び訪《おとず》れた時から。

そして今は、たまたまここにいた、この老人に取《と》り憑《つ》いて、すべてを語らせているんですよ。私《わたし》の復讐《ふくしゅう》の物語を完結させるために。

おまえはいったいだれなのかって？　あんたに強い恨《うら》みをもつ者。そう、おまえを地《じ》獄《ごく》に突《つ》き落《お》とすと誓《ちか》った復讐者《ふくしゅうしゃ》だよ。

——おまえは罪《つみ》のない私《わたし》の家族を殺した。火をつけて、残酷《ざんこく》に焼き殺したんだ。

私《わたし》は目の前で、愛する家族が火の海に飲まれていくのを見ているしかなかった。その無念と絶望《ぜつぼう》がわかるか？　私《わたし》だけが助かったことが苦しかった。何度死んでしまいたいと思ったことか。だが、寸前《すんぜん》で思いとどまった。おまえを呪《のろ》い殺すために、この魂《たましい》を悪魔《あくま》にささげようと誓《ちか》ったのさ。

悪魔《あくま》が私《わたし》の願いを聞《き》き届《とど》けたのがわかったよ。あの夏の終わりにとっくに息絶《いきた》えているはずの私《わたし》が、その後一年も生《い》き延《の》びたのだから。もともと、私《わたし》と妻《つま》には、短い命しか残されていなかった。それでも精《せい》いっぱいおたがいを、家族を愛していたんだ。美しい夏の日々。その一瞬一瞬《いっしゅんいっしゅん》を大切に生きていたのに。

私《わたし》は焼け落ちた小屋のかげにひそみ、おまえが再《ふた》び犯行現場《はんこうげんば》に訪《おとず》れるのを、じっと待ち続けた。ただひたすら、復讐《ふくしゅう》をはたすその日のために。

死の恐怖《きょうふ》と隣《とな》り合《あ》わせの日々は、どうだったかい？　恐《おそ》ろしすぎて、生きた心地もしなかったろう？　それでもおまえの罪《つみ》を償《つぐな》うにはまだ足りない。

私《わたし》の家族をいつ殺したか、気がつかなかったって？　よく思い出せ。

おまえが撃《う》ち殺《ころ》したじいさん。

そのじいさんを火の中から引っぱり出そうとして、煙《けむり》にまかれた黒い犬。

その毛の中に、私《わたし》の最愛の妻《つま》がいたんだ。彼女《かのじょ》は出産直前だった。おなかの中には、もうすぐ生まれる四十匹《よんじっぴき》の子どもたちがいたのに。

ほら、おまえの目の前にいる、この老人の首元をよく見ろ。小さな生き物がくっついているだろう。これがおまえに取《と》り憑《つ》き、恐怖《きょうふ》に陥《おとしい》れていた復讐者《ふくしゅうしゃ》だ。悪魔《あくま》に魂《たましい》を売った私《わたし》の姿《すがた》さ。

信じられない？　じゃあ、この言葉をおまえにくれてやるよ。一寸《いっすん》の虫にも、五分《ごぶ》の魂《たましい》。

どんなにちっぽけで弱いものにも、あなどれない意地や感情《かんじょう》がある。

残虐非道《ざんぎゃくひどう》な悪人め。地獄《じごく》をみせてやる。この恨《うら》み、今こそ思い知るがいい――。

翌日《よくじつ》の朝、警官《けいかん》が留置所《りゅうちじょ》の中で死んでいる若《わか》い男を見つけ、隣《となり》でぐっすりと眠《ねむ》っている老人をあわてて揺《ゆ》り起《お》こした。

「おい。起きろ！　夜中に何があった？　死んだ男は全身にかきむしったあとがあるぞ」

老人はおどろいて目を覚《さ》まし、憑《つ》きものが落ちたようにぼんやりした表情《ひょうじょう》で言った。

「かゆすぎて死んだ？　まさか、そんなことが。よほど強烈《きょうれつ》な蚤《のみ》でもいたんでしょうか」

誘惑《ゆうわく》にのる彼女《かのじょ》は

ぼくは悪魔《あくま》だ。人間に悪さをする、あの悪魔《あくま》。

悪魔《あくま》という存在《そんざい》は人間をさまざまな方法で誘惑《ゆうわく》し、道を踏《ふ》み外《はず》すように導《みちび》く。

ぼくは悪魔《あくま》としては、まだ半人前だった。

規模《きぼ》の大きな計画を立てて、人間を悲惨《ひさん》な状況《じょうきょう》に追《お》い込《こ》むのは荷が重いし、何よりあまり気が進まない。それが悪魔《あくま》の仕事とはいえ、心をそこまで「悪魔《あくま》」にすることができずにいた。

そんな理由もあって、ぼくが行《おこな》う誘惑《ゆうわく》は大抵《たいてい》の場合、「小、中学生くらいの子どもの家に行って、その日の宿題から意識《いしき》を遠ざけさせる」みたいな、かんたんなイタズラ程《てい》度《ど》のものばかりだった。

今日、ぼくが誘惑《ゆうわく》するのは中学二年の女の子だ。

特に何か理由があったわけではない。ぼくが自分の姿《すがた》を闇夜《やみよ》に隠《かく》して街の上空を飛んでいた時、彼女《かのじょ》の部屋のカーテンが少しだけ開いていて、彼女《かのじょ》が必死に勉強している姿《すがた》がたまたま見えただけだ。

「こんばんは。ぼくは悪魔《あくま》。きみの勉強を邪魔《じゃま》しにきたよ」

ぼくは壁《かべ》をすり抜《ぬ》けて彼女《かのじょ》の目の前に姿《すがた》を現《あらわ》した。だが、不思議な存在《そんざい》がいきなり現《あらわ》れたというのに、彼女《かのじょ》はうーんとうなって頭を抱《かか》え、机《つくえ》に突《つ》っ伏《ぷ》している。しばらくその姿勢《しせい》を続ける彼女《かのじょ》に、自分の声が届《とど》いているのか心配になって、ぼくはもう一度声をかけた。

「ど、どうしたのかな？」

「宿題が……全然終わらなくて」

どうやら、声はちゃんと届《とど》いているようだ。

彼女《かのじょ》はようやくのっそりと顔を上げてこちらを向いた。

長くてきれいな黒髪《くろかみ》をくしゃくしゃとかき乱《みだ》して、どんよりと悩《なや》むその姿《すがた》はかわいかったけれど、本人はかなり追《お》い詰《つ》められているみたいだ。彼女《かのじょ》の手元には、問題集が何冊《さつ》か積《つ》まれていた。

こんな状態《じょうたい》の女の子を誘惑《ゆうわく》するのは心が痛《いた》むが、それがぼくの仕事だ。だから、ぼくは彼女《かのじょ》を誘惑《ゆうわく》する。

「まずはちょっと休憩《きゅうけい》しようよ。きみ、疲《つか》れているみたいだし」

「こんなに宿題があるのに休憩《きゅうけい》するわけにはいかないよ……でも疲《つか》れてたら、それこそ宿題できない、かも……」

大量の宿題を前に強張《こわば》っていた女の子の表情《ひょうじょう》が少しずつゆるんでいく。

視線《しせん》が部屋のあちこちに向けられて、ぼくがそれを順に目で追っていくと、携帯《けいたい》やファッション雑誌《ざっし》、マンガやテレビなどがあった。

娯楽《ごらく》の多い部屋だ。意志《いし》の弱い人間が勉強するのには向かず、悪魔《あくま》が誘惑《ゆうわく》するのにはもってこいの条件《じょうけん》がそろっている。

「携帯《けいたい》見てもいいんだよ？　友だちから大事な連絡《れんらく》が来ているかもしれないし、みんなが知っている話題に乗《の》り遅《おく》れるかもしれないからさ」

「う……で、でも、友だちとやり取りしはじめたら、宿題をやる気がなくなっちゃう」

「少ししたら、ぼくがちゃんと止めてあげるから」

「そ、そう？　じゃあ、ちょっとだけ」

もちろん、ぼくは彼女《かのじょ》を止めたりしない。勉強を邪魔《じゃま》しに来た、と宣言《せんげん》もしたのに、意志《いし》の弱い彼女《かのじょ》はどんどんと誘惑《ゆうわく》にはまっていく。

彼女《かのじょ》は携帯《けいたい》を手に取ると、すぐに夢中《むちゅう》になってしまった。宿題のことはさっそく頭から消えてしまったようだ。

ぼくはその様子を眺《なが》めて、喜ぶべきなのか悩《なや》む。ここまでかんたんに誘惑《ゆうわく》できてしまうと女の子がかわいそうになってくる。

だが、ぼくは悪魔《あくま》なのだ。彼女《かのじょ》を誘惑《ゆうわく》することが仕事。だから、さらに誘惑《ゆうわく》を続けないといけない。

「テレビもつけたらどう？　にぎやかなほうがいいんじゃない？」

「あ、それもそうだね。ありがとう」

女の子はもう躊躇《ちゅうちょ》することなく、テレビの電源《でんげん》を入れた。画面の中では、人気のお笑い芸人たちが楽しげに話している。

彼女《かのじょ》はそれを見ておなかを抱《かか》えて笑う。これでますます、宿題に意識《いしき》が戻《もど》ることはなくなった。

だんだん「ちゃんと宿題をやりなよ」と説教したくなってきたけれど、それはぼくの仕事ではない。さらに誘惑《ゆうわく》を続けてみる。

そうして数分がたつと、彼女《かのじょ》はベッドで寝《ね》そべり、携帯《けいたい》で友だちとやり取りをしながら、テレビ番組で笑い、さらにそのコマーシャルの間にファッション雑誌《ざっし》やマンガを読むというひどい有様《ありさま》になっていた。

悪魔《あくま》のぼくから見ても、少し引いてしまうくらいの堕落《だらく》ぶりだ。

彼女《かのじょ》の楽しそうな笑い声だけが部屋に響《ひび》く。

その度《たび》に、ぼくの罪悪感《ざいあくかん》は大きくなっていった。さらに誘惑《ゆうわく》するべきか少しだけ悩《なや》んだけれど、さすがにこれ以上、誘惑《ゆうわく》する気にはなれなかった。

もはや女の子は問題集が積《つ》み上《あ》がった机《つくえ》とぼくのことが視界《しかい》に入っていない。

ここまで堕落《だらく》してしまえば、今更《いまさら》声をかけても、宿題に取り組むモチベーションを取《と》り戻《もど》すことはできないだろう。それに、あんなにもたついていた彼女《かのじょ》では、仮《かり》に今から取《と》りかかったとしても、宿題を終わらせることはできない気がする。

でも、今回は彼女《かのじょ》をあまりにもたやすく誘惑《ゆうわく》できてしまったせいか、どうにも罪悪感《ざいあくかん》が消えなかった。

ぼくはあることを考えた。悪魔《あくま》としては失格《しっかく》かもしれないけれど。

悪魔《あくま》の仕事は人間をダメにすることであって、結果的に宿題が提出《ていしゅつ》できるかどうかは関係ない。ということは、いつのまにか終わっていた宿題を、彼女《かのじょ》が提出《ていしゅつ》するぶんには問題がないわけだ。

ならば、どうすべきかはかんたんだった。

ぼくが宿題をやってしまえばいいのだ。そうすれば、この罪悪感《ざいあくかん》は消えるだろう。

ぼくは意を決して、大量の宿題が散らばっている机《つくえ》の前に座《すわ》った。罪悪感《ざいあくかん》を消すにはこの方法しかない。次々と誘惑《ゆうわく》にのる彼女《かのじょ》が悪いんだ、とぼくは自分の行《おこな》いと矛盾《むじゅん》した文句《もんく》を小さく口にする。

背後《はいご》で、スースーと彼女《かのじょ》の小さな寝息《ねいき》が聞こえた。悪魔《あくま》に宿題をやらせて気持ちよさそうに眠《ねむ》る彼女《かのじょ》は、完璧《かんぺき》にダメ人間である。

ぼくはため息をつきながら、机《つくえ》に放り出された問題集のひとつを手に取った。


そして、翌朝《よくあさ》。

「……終わった」

ぼくは放心状態《じょうたい》でつぶやいた。

悪魔《あくま》とはいえ、ぼくも日ごろから勉強しているので、中学生の宿題でつまずくことはなかった。しかし、量が量だ。疲労《ひろう》は限界《げんかい》に近い。

さて、女の子が起きる前に退散《たいさん》しよう。

そう思って、そっと腰《こし》を上げた時。

「あー、すごーい！　やっぱり終わってる！」

彼女《かのじょ》の元気な声がすぐ後ろからした。どうやら、すでに起きていたらしい。宿題に集中しすぎて、まったく気づかなかった。

彼女《かのじょ》の言葉にはなんだか妙《みょう》な言いまわしがまじっていた気がして、ぼくは首をかしげながら振《ふ》り返《かえ》る。

「やっぱり……って、どういうこと？」

ぼくの怪訝《けげん》そうな表情《ひょうじょう》に気づいたのか、彼女《かのじょ》は少しだけ気まずそうに笑って、それから開き直ったように口を開いた。

「えっとね、きみって悪魔《あくま》っていうわりには、誘惑《ゆうわく》する度《たび》につらそうな顔をしていたから、本当はいい人なんじゃないかと思ったの」

どうやら、ぼくの葛藤《かっとう》はすべて顔に出ていたらしい。でも、それがさっきの言葉にどうつながるのだろうか。

「だからね――わたしが全部の誘惑《ゆうわく》にのって、すごくダメダメな人間になっちゃったら、逆《ぎゃく》に助けてくれるんじゃないかなーって思ったんだ。それで起きたらほんとに、きみが宿題をやってくれてたの！」

無邪気《むじゃき》にそう話す彼女《かのじょ》を見ながら、ぼくは小さく頭を抱《かか》える。

あまりにも誘惑《ゆうわく》にのりやすい子だとは思っていた。でもまさか、そんなことを考えていたなんて。どうやらぼくは、彼女《かのじょ》を甘《あま》く見すぎていたようだ。

「どうも、ありがとう。悪魔《あくま》さん！」

そうやって笑顔でお礼を言ってくる彼女《かのじょ》を見て、ぼくは思う。

ぼくは悪魔《あくま》で、彼女《かのじょ》をたくさん誘惑《ゆうわく》したけれど。

彼女《かのじょ》はさらに一枚上手《いちまいうわて》の小悪魔《こあくま》だったのだ、と。

白バラ姫《ひめ》

「白バラ姫《ひめ》」と呼《よ》ばれ、だれからも慕《した》われる姫《ひめ》がいた。御年《おんとし》十二歳《さい》。清らかで愛らしく、漂《ただよ》う気品はまさに白バラのつぼみのごとし。そして、慈愛《じあい》の心をもっていた。

たとえば、洗濯女《せんたくおんな》の手のアカギレに気づき、よく効《き》く薬を取《と》り寄《よ》せ与《あた》えてやる。侍女《じじょ》の家族が病気だと知れば、滋養《じよう》のつく食べ物をたくさん持たせ休みをやった。庭番が害虫だと捕《とら》えたカナブンにさえ同情《どうじょう》し、放してやって、と涙《なみだ》を浮《う》かべた。

ある日、姫《ひめ》はおつきを従《したが》え、市場へ行った。民と交流をはかり、民にお金をまわすことも、王族の務《つと》め。刺繍布《ししゅうぬの》や髪飾《かみかざ》りや青鋼《あおはがね》のハサミなどを買い求める。いつものように、臣下に分《わ》け与《あた》えるつもりだ。買い物を終え市場を離《はな》れかけた時、姫《ひめ》は子どもが叩《たた》かれるのを見た。おつきの者が止める間もなく駆《か》け寄《よ》り、子どもと店主の間に割《わ》り込《こ》む。

「おやめなさい。なぜ、子どもをぶつのです?」

「姫《ひめ》さま、そいつがうちのパンを盗《ぬす》んだからです」

姫《ひめ》は、おつきの者にパンの代金を払《はら》わせた。貧弱《ひんじゃく》な体つきゆえ子どもと見まちがった彼《かれ》は十四歳《さい》で、何日も食べ物を口にしていないと言った。

「金がないから盗《ぬす》むのです、働き口が欲《ほ》しい」

うなだれつぶやく少年を、姫《ひめ》は、城《しろ》の庭番見習いとして雇《やと》ってやった。

それから二年。少年はバラ園の一角を任《まか》されるようになった。そこには幾種《いくしゅ》もの白バラが植えられていた。まぶしい白、ピンクがかった白、青を感じさせる白。一重咲《ひとえざ》き、八重咲《やえざ》き、渦巻《うずま》く花びら、波打つ花びら……。少年の、姫《ひめ》への敬愛《けいあい》を表すように、どのバラも大切に育てられていた。中でも月光色にかがやいて咲《さ》くというバラは繊細《せんさい》で、雨を嫌《きら》い、朝日を好んだ。少年はこのバラを鉢植《はちう》えにし、雨の日は屋内に、朝日が差せば庭へと世話をした。そのかいあってか、小さなつぼみがひとつ、ついた。

その朝、早く目覚《めざ》めた姫《ひめ》は、月光バラを見にいった。ベンチに少年が座《すわ》っていた。少年はあわてて、ひざに広げていた布《ぬの》をベンチに置いて立ち上がり、礼をする。布《ぬの》の上には、平たい小石のようなものが数個《すうこ》。

「それは、なぁに？」

「ドングリと山芋《やまいも》をこねて焼いた菓子《かし》です。親戚《しんせき》の結婚式《けっこんしき》で振《ふ》るまわれました」

まぁ、リスみたい。と姫《ひめ》は心でつぶやき、手に取ってみた。硬《かた》い。どんな味がするのだろう。口に入れてみた。ボソボソとして、甘《あま》みが足りない。えぐみもある。かなり無理をして飲《の》み込《こ》んだ。と、同時にハッと気づき、はずかしさに体中が熱くなった。

すすめられてもいないのに、口に入れるとは、なんたる無作法。これは庭番見習いの朝食だったのではないか。それを食べてしまうなんて。なんとあさましい。神に許《ゆる》しを請《こ》わなくては。

けれど部屋に駆《か》け戻《もど》った姫《ひめ》が最初にしたのは、水で口をすすぐことだった。ああ、いやしいものを口にしてしまった。いいえ、〈いやしい〉などと思ってはいけない。あれは庶民《しょみん》の結婚《けっこん》を祝う菓子《かし》。そう思う端《はし》から、自分は王族でよかった、庶民《しょみん》などには決して嫁《とつ》ぐまいという思いもわきあがる。

ああ、こんなみにくい心は自分ではない。姫《ひめ》は神に祈《いの》る。

「われを清めたまえ」

飢《う》えてもいないのに庶民《しょみん》の菓子《かし》をつまみぐいしたせいで、悪魔《あくま》に入《はい》り込《こ》まれてしまったにちがいない。

「わが身の悪魔《あくま》を滅《ほろ》ぼしたまえ。一点のけがれもなく、清めたまえ」

懸命《けんめい》に祈《いの》り続《つづ》けていたら、窓《まど》の外に静かな気配を感じた。見れば、季節外れの雪が舞《ま》っている。美しい。これはきっと、わが身を清めるために、神が降《ふ》らせてくださったのだ。姫《ひめ》は窓《まど》を開け放ち、バルコニーに立った。

窓辺《まどべ》を見上げた庭番少年が、雪に包まれキラキラかがやいている姫《ひめ》の姿《すがた》に、気づいた。おかげで姫《ひめ》は凍《こお》りつく前にベッドに運ばれ、一昼夜を寝込《ねこ》んだだけで済《す》んだ。

目覚《めざ》めた時、姫《ひめ》は自分が清められ生まれ変わったことを感じた。二度と悪魔《あくま》につけこまれまい。王族として気高く、美しく生きねば。

アカギレの治《なお》らぬ洗濯女《せんたくおんな》は辞《や》めさせた。王族の衣装《いしょう》に触《ふ》れる仕事なのに、その指を清く保《たも》てないだらしなさが許《ゆる》せない。家族の看病《かんびょう》のために休みを申し出た侍女《じじょ》も、辞《や》めさせた。城《しろ》に病気を持ち帰るかもしれないから。見舞金《みまいきん》を渡《わた》してやったのだから感謝《かんしゃ》しているだろう。市場の視察《しさつ》は代理の者にさせることにした。あそこは金や物、欲《よく》がうずまくところ。行くだけでけがれる。

バラ園にも足が向かなくなった。バラは美しい。けれど、庭番の爪《つめ》の汚《きたな》さにはぞっとする。それに……思い出したくもないから。

臣下《しんか》たちがかげで、姫《ひめ》のことを「雪バラ姫《ひめ》」と呼《よ》びはじめたことは、知っている。雪は美しい。おそれ、うやまうがよい。

庭番の少年が牢《ろう》に入れられた。庭園の花を市場で売った罪《つみ》だ。姫《ひめ》の臣下ゆえ、姫《ひめ》が処罰《しょばつ》を決めねばならぬ。庭番の長である老人は、こう言った。

「あれが持ち出した花は、虫にやられたり少しいたんだもの。城《しろ》には飾《かざ》れぬ、捨《す》てる花でございます。得た金は両親に渡《わた》していたそうです。弟や妹がたくさんおるのです」

捨《す》てるものならば、こちらに被害《ひがい》はない。無罪放免《むざいほうめん》か。けれど国王の意見はちがった。

「姫《ひめ》の許可《きょか》を得ずにやった、ということが問題なのだ。姫《ひめ》は今後、彼《かれ》を信頼《しんらい》することができるか？」

どうすべきか。ああ、美しいものが見たい。今朝《けさ》は部屋に新しいバラが届《とど》いていない。

それは少年の仕事だったから。

バラを一輪、つんできましょう。姫《ひめ》は思いつき、引き出しを開ける。青鋼《あおはがね》のハサミがあった。これは少年に出会った日に買ったもの。いつか彼《かれ》に与《あた》えるつもりで忘《わす》れていた。

月光バラの鉢植《はちう》えが、バラ園にあった。つぼみが、今まさに開こうとしている。だが茶色のシミが浮《う》き出《で》ていた。昨夜の雨のせいだろう。シミのない部分の月光色が痛々《いたいた》しいほど美しいせいで、よけいに、みにくさが引き立つ。嫌悪《けんお》を感じるほどだ。

「かわいそうに。けれど、しかたないわ」

パチン。つぼみを切り落とした。

湯けむりカワウソ

かわうそ谷温泉《おんせん》は、にごり湯で有名な山あいの温泉郷《おんせんきょう》だ。もうもうとした湯けむりの中、露天風呂《ろてんぶろ》でひとりの男が手足を伸《の》ばしていた。

「ああ、いい湯だ」

いつのまにか湯船《ゆぶね》にはだれもいなくなっていた。その時、男はうっかり金のネックレスをしたまま入ってしまったことに気がついた。

「おっと、変色でもしたら大変だ。置いてこよう」

外《はず》して脱衣所《だついじょ》に持って行こうと思った時、

「あっ、しまった！」

ネックレスは男の手をするんと滑《すべ》り落ち、にごり湯の中にしずんだ。

あわてて手探《てさぐ》りしたが、見つからない。底がでこぼこしているのでなおさらだ。

男はその昔、いかさま商売で大もうけをした。偽物《にせもの》のブランドバッグや貴金属《ききんぞく》を、本物といつわって高額《こうがく》で販売《はんばい》していたのだ。だが、だまされたお客たちに訴《うった》えられて倒産《とうさん》し、すべてを失った過去《かこ》があった。夫が真面目《まじめ》に働いていると思っていた妻《つま》はショックを受けたが、夫を見捨《みす》てることはなかった。そして、妻《つま》の言葉が男を変えた。

「これからは、ふたりで真面目《まじめ》に働いていきましょう」

それからずっと、幼《おさな》かった娘《むすめ》と三人でつつましく生きてきたのだ。この旅行は、そんな男がようやく家族を連れてくることができた、ささやかな温泉《おんせん》旅行だった。小学一年生になった娘《むすめ》は、とても喜んでくれた。落とした金のネックレスは、今の仕事につくことができた時、妻《つま》が買ってくれたプレゼントだ。

あせって探《さが》していると、もうもうとした湯気の中から、かん高い声がした。

「お困《こま》りのようですねえ、お客さん。で、あなたの探《さが》しているのは、どちら？」

（いつのまに人が入ってきたんだ？）

湯けむりをすかしてみると、声の主は、ほっかむりをした小さなけものだった。

「おまえはだれだ」

「あっしは湯けむりカワウソでございます。にごり湯の底にしずんだものを探《さが》すのが仕事なんで」

「カワウソだって？」

「ええ、このご時世、生き残るためにはなんでもしなけりゃならないんですよ。で、あなたの探《さが》しているのは、どちら？」

湯けむりカワウソと名乗った生きものはせかせかたたみかけた。小さな両手に握《にぎ》っていたのは、なんとふたつの腕時計《うでどけい》だった。しかも、ロレーヌ社の高級腕時計《うでどけい》だ。だが、男の目には一目瞭然《いちもくりょうぜん》だった。本物を見分ける目だけは、昔の仕事で培《つちか》われていたのだ。

「どっちもオレのじゃないが、こっちは偽物《にせもの》、こっちは正真正銘《しょうしんしょうめい》の本物だ」

「ほほー。正直でお目の高いお方。それじゃ、こちらをあなたにあげましょう」

カワウソはへらへらと笑って、本物のほうの腕時計《うでどけい》を男に手渡《てわた》した。

「いや、いらないよ。それより私《わたし》の落としたものを……」

だが、カワウソはもう湯の中にしずみ、再《ふたた》び出てきた時は、両手にダイヤの指輪をひとつずつ持っていた。

「あなたの探《さが》しているのは、どちら？」

「よくできてるなあ。だが、こっちが本物だ。しかもかなりのグレードだぞ」

「なかなか目利《めき》きじゃござんせんか」

「まあ、昔取った杵柄《きねづか》ってやつさ」

こんな高価《こうか》なものを落として気づかない人がいるのか？　いや、そもそも温泉《おんせん》にカワウソなんて！　だが、カワウソは、もぐっては拾ってくるをくり返し、男が言いあてた本物のほうを、どんどん手渡《てわた》してはまた湯の中にしずんでいく。

(なんだこれは。まるで宝探《たからさが》しじゃないか)

異様《いよう》なできごとのはずだが、自分の目がまだたしかであることがたまらなく気持ちよく思え、男はすっかりおもしろくなってしまった。

渡《わた》されたものを岩の上に置いていくうちに、そこには豪華《ごうか》な貴金属《ききんぞく》の小山ができていった。やがて、カワウソは言った。

「さて、そろそろこれで最後です。さあ、お客さんの探《さが》しているのは、どちらのネックレス？」

カワウソは、小さな握《にぎ》りこぶしを突《つ》き出《だ》した。目は笑っていたが、その奥《おく》は、つや消しの黒い小石がはまっているように不気味だった。見つめたものから生気を吸《す》い取《と》るような、不気味な光を放っていた。だが男には、カワウソの手に引っかかっているものしか見えていなかった。

「あっ、これは」

今度は、片《かた》ほうは妻《つま》がくれたもの。細いチェーンに、親子三人のイニシャルの入った小さなペンダントヘッドがついている。そして、おどろいたことに、もう片《かた》ほうは十八金の重たいチェーンにダイヤの装飾《そうしょく》のある超《ちょう》高級品。自分の目に狂《くる》いがなければ、これは海外のセレブが身につけているような代物《しろもの》だ。男の脳裏《のうり》に、一瞬《いっしゅん》さまざまなことがよぎった。

（とんでもない高値《たかね》がつくぞ。これを見せておいて、偽物《にせもの》を売れば……）

さんざん痛《いた》い目にあったというのに、甘《あま》い汁《しる》を吸《す》ったあのころの思い出がよみがえった。金さえあれば、妻《つま》と娘《むすめ》にもっと楽をさせてやれる。何が悪い？

「こっちがオレのだ！」

ネックレスのチェーンが指に触《ふ》れた。つかんだと思った時、

「あなた、中にいるの？　返事をして！」

妻《つま》の声がした。

「タカギさまはいらっしゃいますか？　三時間も戻《もど》らないとご家族が心配されてます」

「あ、ああ……」

立ち上がろうとした時、ぐらっとして男は湯の中にしずんだ。

「きゃーっ、あなたっ！」

「パパ、パパ！　どうしたの？」

妻《つま》と娘《むすめ》が叫《さけ》んでいる。

「いかん、体がものすごく熱いぞ。おい、だれか手を貸《か》してくれ！」

あっちこっちから人が駆《か》けつけて、救急車が呼《よ》ばれる騒《さわ》ぎになった。

もうろうとする意識《いしき》の中で、男は自分の握《にぎ》りこぶしの中をたしかめた。そこには、妻《つま》にもらった細いネックレスがしっかり握《にぎ》られていた。

（ああ、よかった。たとえ一瞬《いっしゅん》でも、オレはなんてことを考えたんだ。ごめん、ごめんよ……）

「パパ、どうして泣いてるの？　もう大丈夫《だいじょうぶ》だからね」

男はうなずいて、目を閉《と》じた。

娘《むすめ》がもう片《かた》ほうの手をしっかり握《にぎ》っているのがわかった。

誘惑《ゆうわく》の悪魔《あくま》

午前一時。

自分の部屋でテスト勉強をしていた遥《はるか》の耳に、ひそかなささやき声が聞こえた。

……こっちにおいでよ……。……今ならだれにも気づかれないよ——。

ハッとして顔を上げ、背後《はいご》を振《ふ》り返《かえ》るが、人の気配はない。

「絵里《えり》？　起きてるの？」

三歳《さい》年下の妹の名を呼《よ》んでみたが、返事はなかった。

隣《となり》の部屋にいる妹は、まだ小学六年生だから、夜更《よふ》かしはしていないはずだ。両親も、とっくに寝室《しんしつ》で休んでいる。

遥《はるか》は、落ちつかない気持ちで椅子《いす》から立ち上がった。そっと子ども部屋のドアを押《お》し、息をひそめて外の様子をうかがう。

シンと静まり返った暗い廊下《ろうか》の先から、またささやきが聞こえた。

……ねえ、ここだよ……。ここにいるよ——。

少女のような声だ。まちがいなく、遥《はるか》を呼《よ》んでいる。怖《こわ》くはあったが、声の主をたしかめたいという好奇心《こうきしん》を抑《おさ》えられない。

フットライトのぼんやりとした明かりを頼《たよ》りに、遥《はるか》は暗い廊下《ろうか》へ足を踏《ふ》み出《だ》した。足音をしのばせて階段《かいだん》を降《お》りる。

階下《かいか》から、ヒソヒソ、クスクスと小さな声が聞こえていた。暗闇《くらやみ》に慣《な》れてきた目をこらし、声の主を探《さが》してリビングを探《さが》したが、だれもいない。

キッチンに向かおうとした時、あたりが突然《とつぜん》パッと明るくなった。

「お姉ちゃん。ここで何してるの？」

パジャマ姿《すがた》の絵里《えり》が、あやしむように遥《はるか》を見ていた。トイレに起きて、遥《はるか》の様子に気づいたらしい。遥《はるか》はうろたえて言った。

「な、なんでもない。飲み物を取りに来たんだけど、もういいや」

自分を見つめる妹の視線《しせん》を避《さ》けるように階段《かいだん》を上り、部屋に戻《もど》る。

後ろ手で閉《し》めたドアに力なくもたれかかると、遥《はるか》は震《ふる》えながら細く息を吐《は》いた。

「ああ、どうしよう。またあの声が聞こえはじめた……」

遥《はるか》が『悪魔《あくま》のささやき』を聞くのは、これが初めてではなかった。過去《かこ》にもひどく悩《なや》まされていた時期があったのだ。

その声が聞こえるのは、たいてい遥《はるか》が疲《つか》れている時だった。部活でしごかれたあとや、提出期限《ていしゅつきげん》が迫《せま》った作文を必死に書いている時。

遥《はるか》の心のすきに付《つ》け込《こ》むように、悪魔《あくま》はささやいた。

……こんなにつらいんだから、少しくらい自分を甘《あま》やかしてもいいでしょ――。

……だれにも迷惑《めいわく》かけないし。どうってことないじゃない――。

あの時、悪魔《あくま》の誘惑《ゆうわく》に負けた遥《はるか》には、恐《おそ》ろしい罰《ばつ》が待っていた。あの地獄《じごく》から、必死の思いで抜《ぬ》け出《だ》したのだ。もう二度と同じあやまちをくり返したくない。

だが、悪魔《あくま》というものは、一度捕《つか》まえた獲物《えもの》をかんたんには手放さない。すきあらば、人間を地獄《じごく》に引《ひ》きずり込《こ》もうとする。

……ちょっとだけなら大丈夫《だいじょうぶ》だよ。取り返しがつかなくなる前にやめればいい――。

再《ふたた》び始まった悪魔《あくま》の恐《おそ》ろしい誘惑《ゆうわく》に、遥《はるか》の心はひどくかき乱《みだ》されていた。昼も夜も、悪魔《あくま》の声が耳を離《はな》れない。授業中《じゅぎょうちゅう》にすら、あの少女のささやき声が聞こえるほどだった。

ぼんやりと歩く、学校からの帰り道。気がつくと、遥《はるか》は住宅街《じゅうたくがい》のはずれにいた。

目の前には、夕暮《ゆうぐ》れの赤い日に照らされた小さな建物がある。いつの間にか足を向けていたその場所は、悪魔《あくま》の巣であり、地獄《じごく》への入口だった。

怯《おび》える遥《はるか》の視線《しせん》の先に、血のような赤いマントを羽織《はお》った愛らしい少女が座《すわ》っている。それこそが遥《はるか》を惑《まど》わし、苦しめる、最も恐《おそ》ろしい悪魔《あくま》なのだ。

赤いマントの少女が、冷たいガラス越《ご》しに遥《はるか》を見つめ、ニヤリと笑う。

……やっぱり来たね。心の底ではこれを望んでいたんでしょ――。

そこにいるほかの少女たちも、遥《はるか》を見てクスクスと笑いはじめた。

……ほらね。来ると思ってた。きっと耐《た》えられないだろうって――。

遥《はるか》は恐怖《きょうふ》に息をのみ、あわててその場から走り去った。だが、どれだけ走っても、悪《あく》魔《ま》のささやき声が追いかけてくる。

……逃《に》げてもムダだよ。あたしたちの仲間は、どこにだっているんだから――。

遥《はるか》の心臓《しんぞう》は、ドクンドクンと大きく音を立てていた。必死の思いで家に帰り、バンと音を立てて玄関《げんかん》のドアを開ける。ハァハァと息を切らして床《ゆか》に崩《くず》れ落《お》ち、遥《はるか》は涙声《なみだごえ》でつぶやいた。

「ううっ……。どうしたらこの苦しみから逃《のが》れられるの？」

「……無理して我慢《がまん》するの、やめればいいんだよ」

また、あの声？

遥《はるか》はしゃがみ込《こ》んだまま両手で耳をふさぎ、目をぎゅっと閉《と》じて叫《さけ》んだ。

「やめて！　もう、誘惑《ゆうわく》には負けない。今のあたしは、昔のあたしじゃない……。二度と、あのころの自分には戻《もど》らないって誓《ちか》ったんだから！」

「……お姉ちゃん、またイタいひとり芝居《しばい》してるし」

顔を上げると、先に帰っていた絵里《えり》があきれたように遥《はるか》を見下ろしていた。つねに冷静な妹は、姉の行動パターンをすっかりお見通しらしい。

遥《はるか》は「フン」と鼻を鳴らし、スカートについた汚《よご》れをパンパンと払《はら》って立ち上がった。姉のプライドにかけて、妹の助言など受けるものか。

「ほっといてよ。悲劇《ひげき》のヒロインごっこでもしてないと、やってられないんだもん」

何かあると、とことん妄想《もうそう》して大げさにお芝居《しばい》するのが遥《はるか》の趣味《しゅみ》なのだ。

「じゃあこれ、いらないんだね？　この間、お姉ちゃんが夜中にこれを探《さが》してキッチンをうろついてたって言ったら、お母さんがまた買ってきてくれたんだけど」

絵里《えり》は、手に持った紙箱を遥《はるか》に見せながら言った。赤いマントを羽織《はお》った少女のマークが目印の、『デビルズ洋菓子店《ようがしてん》』の濃厚《のうこう》チョコレートケーキ。

ダイエット中の遥《はるか》にとって、これこそが最も恐《おそ》ろしい悪魔《あくま》の正体だった。見ただけで頭がボーッとし、これが超《ちょう》高カロリーだということを忘《わす》れてしまう。

「ま、待って。真夜中に食べるより、オヤツに食べたほうが太らないっていうし」

死ぬほど好きなスイーツを我慢《がまん》してようやく成功したダイエットだが、今日だけは誘《ゆう》惑《わく》に負けてもいいことにしよう。

これをきっかけに、また前のように太ってしまうかもしれないが、このケーキを食べることができるのなら、悪魔《あくま》に魂《たましい》を売《う》り渡《わた》したっていい——。

遥《はるか》はゴクンと大きく喉《のど》を鳴《な》らすと、妹からケーキの入った紙箱を引ったくった。

執筆担当

桐谷 直（きりたに・なお）

新潟県出身。児童書を中心に、ファンタジー、ホラー、青春など、幅広いジャンルを執筆。『ラストで君は「まさか！」と言う』シリーズ（PHP研究所）のほか、『冒険のお話を読むだけで自然と身につく！　小学校で習う全漢字1006』（池田書店）など。

長井理佳（ながい・りか）

東京都出身。童話作家、作詞家。童話に『黒ねこ亭でお茶を』（岩崎書店）、『まよいねこポッカリをさがして』（アリス館）ほか。作詞に「山ねこバンガロー」「行き先」「青の記念日」ほか。自宅でギャラリースペースも運営中。

染谷果子（そめや・かこ）

和歌山県出身。著書に『あわい』『ときじくもち』『あやしの保健室1・2』（以上、小峰書店）、共著に『タイムストーリー・5分間の物語』（偕成社）などがある。その他、神戸新聞に幼年童話掲載。ブログ「眠りの底で」にて公募入選作公開中。

波摘（なみつみ）

主にライトノベル、ノベライズ作品などを中心に執筆活動を行っている作家。PHP研究所から出版された他の作品には、小説版『千年の独奏歌』、短編集『ナユタン星からのアーカイヴ』内収録の「惑星ループ」がある。

装丁・本文デザイン・DTP	根本綾子
カバー・本文イラスト	吉田ヨシツギ
校正	みね工房
編集制作	株式会社童夢

3分間ノンストップショートストーリー
ラストで君は「まさか！」と言う　悪魔《あくま》のささやき

2018年7月5日　第1版第1刷発行
2023年2月9日　第1版第5刷発行

編　者　PHP研究所
発行者　永田貴之
発行所　株式会社ＰＨＰ研究所
東京本部　〒135-8137　江東区豊洲5-6-52
児童書出版部　TEL 03-3520-9635（編集）
普及部　TEL 03-3520-9630（販売）
京都本部　〒601-8411　京都市南区西九条北ノ内町11
PHP INTERFACE https://www.php.co.jp/
印刷所・製本所　凸版印刷株式会社

ISBN978-4-569-78771-8

NDC913　191P　20cm